鄱湖生灵

罗张琴 著

長江出版傳媒 | 长江文艺出版社

图书在版编目（CIP）数据

鄱湖生灵 / 罗张琴著. -- 武汉 : 长江文艺出版社,
2020.1

ISBN 978-7-5702-1379-5

Ⅰ. ①鄱… Ⅱ. ①罗… Ⅲ. ①散文集－中国－当代
Ⅳ. ①I267

中国版本图书馆 CIP 数据核字(2019)第 252614 号

责任编辑：梅若冰　　责任校对：毛　娟
封面设计：白砚川　　责任印制：邱　莉　杨　帆

出版：长江出版传媒　长江文艺出版社
地址：武汉市雄楚大街 268 号　　邮编：430070
发行：长江文艺出版社
http://www.cjlap.com
印刷：湖北恒泰印务有限公司

开本：880 毫米×1230 毫米　1/32　　印张：6.75　插页：2 页
版次：2020 年 1 月第 1 版　　2020 年 1 月第 1 次印刷
字数：146 千字

定价：48.00 元

目 录

附记

序

中国第一大淡水湖，世界最大候鸟保护区，长江江豚最后避难所，新中国成立以来从未间断向国家供粮的两个粮食基地之一……未遇鄱阳湖之前，它更像是我一个有声望而鲜有交集的远亲，偶尔提及，我无非是想用口舌上的攀附去为自己的虚荣贴金。

三年前的一个夏天，我跟着江西省防指的宣传小分队去往上饶，第一次与鄱阳湖相见：浩瀚万顷，水天一色，如此婉约纯净，那样壮美安详。铺陈湖面的阳光，化身无数尾自在游着的鱼又或是无数颗闪耀着的星，浮浮沉沉，近近远远。白鹭飞翔天空，渔民撒网大湖，农民抛秧稻田……我有些意外，这哪像是经暴雨摧残的湖体？分明是顽劣之后酣睡的孩子啊！那一刻，情生袖底，我起了用文字亲吻它的心思。只是，亿万斯年，吻它的人太多了，在没找到新的表达途径之前，我选择将心思拼命捂紧，再捂紧，我实在不想重复着某些套路去赞美这样一个孩子。套路化的赞美，与套路化的写作一样，多少让人觉得有些恶俗。

一年多过去，转眼冬季。那天，我起个大早，去吴城看鸟。

▲ 鄱湖水韵（池晓虹　摄影）

站在吴城水上公路的这头，我穷尽目力也没能看到另一头。脚下的路，就这样沿着芦苇荡不动声色地向远方延伸着。没有风，数以万计的候鸟们用它们美丽的翅膀召唤芦苇，整个鄱阳湖湿地涌动起金色的波浪，给人月到波心、后会无期的沧桑感。“踏破水天空界月，一声渔唱蓼花洲。” 眼一热，心也跟着悄然一动，我明显感受到，之前心里头捂紧的那些东西，在那个瞬间完全发酵了。

美丽江西，最美在水。赣江、抚河、信江、饶河、修河，“众河归一湖”，汇入长江，形成一个完整的鄱阳湖水系，覆盖江西

97% 以上的面积，于我而言，在鄱阳湖水系里，选择有特殊习性、有诗意象征、有现实意义、有文化传承的生灵进行书写才是对鄱阳湖最别致的赞美啊。

生灵是生态也是诗意，生灵里蕴藏着江西故事和美好生活。我深知，写这样一个系列，既要有浩繁的历史考证也须有细微的现场观察；既强调民间访问也考验文本构思；既要表现生动性也要抵达准确性，不容易，有时，堪称苦行。可从来做喜欢的事都是不觉累的，当我拿起笔，更多流淌的是柔情与甜蜜。

万物共存，人水共生，是自然造化之功更是人类呵护之果。属于鄱阳湖的光阴，无论风清，还是浪浊，我们都将与这些生灵辅车相依，唇亡齿寒。

如此，感谢一朵花、一株草、一只鸟、一尾鱼及生命之间每一个美好的遇见。

罗张琴

2019 年 7 月于江西南昌西湖区

01

藜蒿之味

窗外，有雨。空气中充盈草木、泥土的芬芳。与同学在茶楼里小坐。鲁院一别，已两年有余，见面却无丝毫生分，心近如昨。亲近使人感怀、温暖，也使眼下这离家千里之外的陌生之地万般亲切起来。

依凭一颗对文字的初心，我们同时收获了一份来自文学的回报，因一场颁奖礼得以在苏东坡的故乡四川眉山聚首。天南地北，鲁院的几个同学，又坐在了一起，这多么好。

同学之间的交流是朴素的，清凉的，一如窗边流过的江水。我们聊起三五一群常去鲁院附近餐馆打牙祭的往事。

去餐馆吃第一餐饭，来自北方的同学为我点了一道南方菜——藜蒿炒腊肉。北方同学说此菜是江西人尤其是南昌人的最爱，入选过北京奥运主菜谱；十几年前，热播过的赣语情景喜剧《松柏巷里万家人》的主题曲就叫《藜蒿炒腊肉》；不过，“正月藜，二月蒿，三月过后当柴烧”，野生藜蒿上市时间极短，三月底之后，大小餐馆能吃着的，怕都是大棚里头培育的。接着，他用不太地道的哼哼声哼唱了《藜蒿炒腊肉》里的几句词。南昌方言难学难说，更别提唱了，至少我是没能学会的，我使劲给他鼓掌。

菜上桌，满盘翠绿的，是一根根长约四五厘米的藜蒿秆子，佐以金黄的腊肉片、深绿的韭菜叶、红灿的辣椒丁，望之口舌生津。夹一筷子入口，老腊肉的咸香、藜蒿的清香、韭菜的醇香与辣椒丁的辣香混合，那个香，真是荡气回肠。

可从来一方水土养一方人。大概北京人独喜香椿芽、贵州人喜食折耳根、云南人推崇鸡枞菌、东北人酷爱猪肉炖粉条吧，那餐饭真是便宜了我这爱藜蒿的赣人，独占了这一盘子美味。

藜蒿，原不是南昌本地所产，而是鄱阳湖草洲所盛产的一种早春野蔬。它与芦蒿，还有苏东坡笔下“蒌蒿满地芦芽短，正是河豚欲上时”中的蒌蒿，及《红楼梦》中晴雯最爱吃的“蒿子秆儿”，都是菊科蒿属，都具蒿之清气，菊之甘香。春秋时期，蒿作为一种君子之草和献祭之草在人们心中享有崇高的地位。

藜蒿之得名，有两个版本的传说。一个与唐代书法家颜真卿有关。大历中期，颜真卿受贬到饶州任刺史，月波门外，柳丝抽芽，江水碧绿。渡口处，舟楫往来，不少民妇村姑，从河岸湖洲采集了一篮篮叫白蒿的辛香野草。颜刺史问，采这么多草干什么？答曰，此根经饱，可度春荒。爱民如子的颜刺史遂说:“依我所见，不如称作黎蒿。黎者，众也，众人喜爱的野蒿。”众人一听，齐声唤好。后来，为了表示此蒿草属，又在“黎”字上面加盖草头。另一个与明朝皇帝朱元璋有关。元朝末年，朱元璋与陈友谅为争天下，十八载春秋，大战鄱阳湖。一年春天，朱元璋被陈友谅的水军围困于康山草洲半月之久，所备蔬菜几乎全吃光了。朱元璋食欲大减，人日渐消瘦。火头军发现草洲上长着一些野草，便随手扯一根嚼了一下，清脆爽口。他灵机一动，采摘回营，去叶择茎，将之与军中仅剩的一块腊肉皮同炒，朱元璋闻此菜香食欲大开，精神振奋，一举走出困境。得天下后，朱元璋遂赐名此野草为藜蒿，规定江南各州县每年要进贡藜蒿到南京，自此，藜蒿在江南“地位”显赫。

传奇难考。反正寄托了鄱阳湖区代代子民情怀、乡愁的藜蒿，已同春天、生计、社稷江山联系在了一起，颇为有趣。

春节刚过，冬丫头和春姑娘，还较着劲儿在赌气呢，两张冷脸子甩下来，寒意料峭得不行。而鄱阳湖的河滩上，抢得头春阳光的藜蒿，一丛丛从草皮里冒出来，占据每一寸土地。新芽嫩嫩的，叶色淡绿、茎微紫红，如襁褓中的婴儿。一场润物无声的春雨过后，它们长得快极了，昨天还不足三厘米，今天已是一寸多长。绿叶红蔓，有小节，披着小绿叶，气味清香，仿佛铺在绿洲上的一层紫红地毯。轻轻俯下身子，凝神谛听，也许就能听到它们生命拔节的脆响。用不了几天，它们就长鲜了，长成最好年华的模样。

藜蒿再好，却也不会自己齐齐整整跑到餐盘子里来，要辛苦湖区那些“藜蒿客”去草洲里摘取，当地人称之“打藜蒿”。“打藜蒿”要趁早，农历二月一过，入口如嚼草根，那时只能当柴烧了。

“藜蒿客”分两种，一种为了生计，摘之卖钱；一种是摘给自己家吃的。“藜蒿客”以中年妇女为主，也有年轻人和家境较好、身子骨硬朗的老太太，遇双休还有不少凑热闹、喜野趣的小朋友。现如今，生活条件好了，原汁原味的东西更贴近自然、更利于养生，谁不想有机会多沾染些春风雨露的滋养、天地精华的馈赠？

▲ 春牧（刘国南 摄影）

湖口县对岸梅家洲一带，有一大片草洲全是藜蒿。初春时节，站在双钟堤四顾湖滩，远远近近全是低头寻宝的“藜蒿客”。这些“藜蒿客”天不亮就起床，三四个蛇皮袋用带子往腰间一系，拎一把弯镰刀，提一兜干粮就出门了；出门直奔西门老渡口，乘铁皮船去往梅家洲打藜蒿。元宵节前后几天的藜蒿最嫩，为上品，除去叶子可卖到三十元一斤，再往后，八元到十五元一斤不等。藜蒿生成好口味、换来好生活、带来好心情，何乐而不为？

船刚靠岸，身形矫健的人早已一跃而起，奔向草中央。“桂花，快来，多嘞。”“华嫂，向前，走。”……浩浩荡荡的“藜蒿客”依着经验四散开来。眼尖手快的，是极厉害的高手。他们专挑那些叶子青翠发亮的藜蒿，一把把薅住，挥动手中的镰刀，“唰唰唰”齐地割下。一刀下去，到手的藜蒿粗细如毛衣针，脆嫩得很。

他们一去就是一天，不来回折腾。中午就着咸菜大口吃着馒头、包子或者用牛奶兑饼干囫囵嚼着。吃完，在草地上稍做休息又振奋精神继续，直到下午五点多，最后一班从梅家洲回湖口的轮渡靠岸，才挑着一包包捆得结实的蛇皮袋子回家。手脚麻利的一天能摘上百斤藜蒿，空气里满是喜悦的笑。

割取回家的藜蒿，细细的、长长的蔓缠绕在一起，像乱蓬蓬的野草，一点也不好看，必须得有耐心坐在小板凳上摘去根茎上的小叶子。这个时候，在鄱阳湖附近的一些街面、庭院、馆子店铺，到处可以看到男女老少围坐一起理藜蒿的场景。摘叶子时要捏住藜蒿上部，从嫩尖往根部倒着捋，尤其嫩尖上的叶要小心伺候，一不小心就容易把嫩尖折断，会让人生起暴殄天物的愧疚感来。藜蒿的茎，粗不及一次性筷子，长不过五六寸，几十上百斤就这样一根一根小心翼翼地捋，当真是个苦力活。

叶子摘好，换生计的尽管拿去卖，行情好得很。不用出声叫唤，早有商家客人寻到了跟前。自家吃的，摘够一顿就停下，洗净，用手折掐成寸段。一定不能用菜刀切，沾上铁腥气的藜蒿就不好吃了。剩下的藜蒿要存着叶子，仔细堆在避光的墙角，用石头盖住，时不时浇一点水。藜蒿的生命力极强，压在石头下面的叶子大部分烂掉了，茎秆却仍然新鲜，有些嫩尖顽强地探出石头，还会长出新一茬的叶子。晒不到太阳的茎秆，很快变白，反而比刚摘回时显得更嫩。用这种方式保存，可放置很长时间。

湖区人做藜蒿炒腊肉特别讲究。腊肉必须是农家自己腌制的土猪肉。北风起，腊月至，杀猪过年，将新鲜土猪肉分割成一掌宽的长条。十斤肉六两盐，将估好的盐均匀抹在肉条上，反复揉搓。肉皮向下，放进陶缸里。十天半月后，在每条肉瘦薄的一端用粗铁针扎个孔，将韧性十足的青翠棕叶撕成绳，绳穿孔而过，两端齐平，离肉半尺，系死结挽住。把肉条串上竹篙在太阳底下晒几天，晒到金黄，有汪汪一层薄油感，再取回，悬在厨房灶火口上端的大铁钩上，用灶火慢慢熏。日子越久，烟火味越浓，腊肉越香。即使是作配料的红辣椒，也必须是农家自己晒的。唯有这样，才配得上野蔬藜蒿馥郁芳烈的清香。说起清香，不由想起汪曾祺在《故乡的食物》中的表述来。汪老品尝的是苏北高邮的芦蒿，他说："我所谓'清香'，即食时如坐在河边闻到新涨的春水气味。这是实话，并非故作玄言。"再没有比这更好的比拟了。

我做不成饕餮盛宴，却深深被这无边无涯的生命力所吸引，这散发原野气息的清香之气让我深深沉醉。每个春天，我都会想去鄱阳湖，看一看那生机勃勃的草洲，混入人群当一回"藜蒿客"。

不用那么麻利，也不用有什么经验，更不用霍霍镰刀与粗陋的蛇皮袋，挎个小竹篮就好。一个人踏着清晨的露珠，来到湖滩，低下身子捕捉藜蒿之味。把草洲里的藜蒿一根根用鼻子嗅出来，对着它们水汪汪地一笑，再用手轻轻与那一枝枝碧玉簪似的藜蒿相握，把它牵进竹篮里。藜蒿有泥土与露水的气息，手便浸染了无边春色。

牛在身边安详甩着尾巴，我坐在向阳的草坡上。慢慢摘藜蒿的叶子。把理干净的藜蒿用碧绿的丝线捆扎成四小把，摆进竹篮里。只捆扎四小把就好。每把手腕般大小，盈盈一握，就像是牵着楚楚动人的姑娘的鲜嫩小手。

旧时光的街巷还在。布衣，罗裙，竹篮子，嫩藜蒿，沿青石板老街缓缓走。"藜蒿，青青藜蒿……"声声唤，不紧不慢，不亢不卑，不焦不躁。渔巷子、茶巷子、药巷子、盐巷子，一个接一个。“吱呀”一声木门响，小酒馆的伙计从两三张乌黑的木桌子旁一路小跑着出来。待四把藜蒿到他手，再回头，发现店子旁边古意十足的一侧小木板上，不知谁已用粉笔新写了一道菜名：藜蒿炒腊肉。

走过岁月，乡愁如蒿绽放，情谊如水悠长，这多么好。

02

蓼花锦

前段时间，喜欢上了看画，西方的，中国的；古典的，现代的。整体感觉是，西方画长于人物、静物，余下以事或风景入画的那些，画面大多也静穆，仿佛画成的那一刻，时间是停止不动、凝固在眼前的；而中国画多山水，空间感很强烈，哪怕是画花鸟虫鱼等物，也着重“弦外之响”，尽得留白之风流。这也许与东西方差异有关，西方的精神危机来自空间的广场恐惧，便愿以时间之静去破空间之哗；而东方的精神危机源于时间的岁月悲哀，所以常用空间之远来救光阴之逝。

视觉的饱和使得灵魂饥饿起来，便上网淘了几幅小画。买回家，才发现许是自己真中了鄱阳湖那场盛大花事的蛊，喜好近乎有些偏执了，看看，好几张都有蓼，比如仿花鸟画名作《红蓼水禽图》，仿宋徽宗赵佶的《红蓼白鹅图》及仿齐白石的《红蓼群虾》。

去岁秋天，余干康山大堤附近的鄱阳湖湿地成了“网红”，一场花事在我微信朋友圈口耳相传。像一大群人一样，我也欣喜赶了这场热闹：青葱的长秆，圆熟的叶子，细碎的花儿：使人惊心动魄的原是一坡密密匝匝的红蓼啊。这些蓼花，亦红亦紫，蕊心透丁点儿白，若染了喜庆的米粒。它们挨挨挤挤结成曼长、丰腴的穗状。低垂的紫红花穗，一穗接一穗地，从我身边倾泻而去，以谦逊又桀骜的姿态，一路向北，怒放着心中的壮美。仿佛一匹只应天上才有的灿若云霞般的锦绣，又宛如从地心深处长出的一片熠熠生辉的星河。

春来发芽绽叶，夏秋开花结果，又称荭草、水荭的红蓼，多半临水，生命力旺盛，在我们家乡随处可见，是很野性的花。许是受其花穗形状的影响，我们打小就叫它狗尾巴花。狗尾巴花，狗尾巴花，喊叫起来，是叫唤农村最没地位的寻常女孩小名般的随意；狗尾巴花，狗尾巴花，田园里只要长出，大人便会下重手

▼ 鹤立锦绣（卢斌　摄影）

毫不留情地拔除，认为这没啥用的东西太容易纷生侵占土地，且叶片上还带着涩涩的茸毛，辣味刺激，煮之作食，猪牛都避得远远的。尽管大人的许多“不待见”其实并不能真正影响小孩子对世间万物的欢喜，但那时的我，却也真不觉得红蓼有多特别，有多妍美。

孩子的世界是至美的世界。在孩子眼睛里，春夏秋冬，每一天都是色彩斑斓的，每一刻都是生机勃勃的；万物都等着他们去发现、去观摩、去探究、去接纳，他们完全趁着一时的兴会做事，每一个都是那“一路捡芝麻丢西瓜”的小猴子。于孩子，捡芝麻丢西瓜才是正常的，看到一只西瓜就停下脚步再不向前的猴子是

▲ 湖边红蓼（《江南都市报》供图）

称职的猴子吗？是有探索力、好奇心的猴子吗？“江南江北蓼花红，都是离人眼中血。”“燕子矶头红蓼月，乌衣巷口绿杨烟。”认为红蓼不寻常的，从来都只是那些悲秋伤怀的诗人、托物言志的画家和装满离愁别绪的大人。孩子根本感觉不到秋的萧瑟悲凉，体会不了红蓼深处所谓的人情冷暖、世事无常。

紫红一片，杂以青绿，红蓼花海如此强烈的颜色，对所有到来的人显然是一种不可抵御的引诱。男的女的，老的少的，穿红的着绿的，丢开文雅与村俗的禁锢，尽情释放他们内心的天真之气。他们或雀跃或打滚，仿佛要在中规中矩的生活中掀起另一种狂澜。我起先也这样雀跃着，兴奋着。跳进相框也好，一旁闲望也罢，领受了，心生满足，总是可以叫自己兴高采烈好一阵子。这没什么不好。

当太阳下山，喧嚷的人群各自离开，湿地又恢复它本来的清寂，有如歌残筵散。天地辽远，气温微凉，美的事物总会有某种无端的寂灭，这种悲剧意味使花海成了一个巨大的道场。个体作为理性生命的骄傲与荣耀消遁，作为有限个体的渺小、卑微无奈凸显，我头枕双臂，仰躺草洲，睁开眼睛看天上的流云，宗次郎的曲子《故乡的原风景》开始在心里盘旋。陶笛的空灵裹挟如梦似幻的雾气飘飘荡荡，这雍容、质朴，与土地、河流、星光、候鸟浑然一体的花海，使我觉得生命中所有关于梦想、生机和道路的谋划都不堪一击，虚无感油然而生，我陷入一种悲情无法自拔，真想，就在这一片紫红的花海中死去。

渴望无生速朽的念头，之前还有过一次。七月的一个夜晚，乘船到鄱阳湖巡查，万里无云，月明如水，四周的水域空漾澄澈、一望无际。江风在天地浩荡，船犁开的白浪像银线在轻轻翻涌，甲板上站着许多同事，我却觉得天地只我一个人，心里生起人间极乐的景象，非常喜悦，于是突然起了脱离这个世界的愿望。这个愿望一度使我甜蜜又惊惶，甜蜜在于那种被大慈悲裹挟的喜悦，惊惶是因为好端端的年华里为什么会想到死？我小心翼翼把这念头藏起来，不告诉任何人。有天，读孟实先生的书，看到睿智如他，竟然也曾有过这样的念头：他在北海的白塔眺望北平城的楼台烟树，看到西郊的远山和将要下去的红烈烈的太阳，想起李白的“西风残照，汉家陵阙”那两个名句，觉得眼前境界苍凉而雄伟，感觉到自己不应该再留在这个世界里。他说趁生命最丰富的时候死，像鸟歌和花香一样，也可成为生命中一种奢侈的享受，它和想长生的道理一样，都是对于生命的执着，是为着活着时的一点快慰。心里便释然了，原来我只是太爱这鲜活的人生了。

如此看来，红蓼在我心里便是极致的美了。如此看来，我便再不是没心没肺的孩子了。

十分秋色无人管，半属芦花半蓼花。生命里的秋意，浓了。

03

芦花两岸雪

秋冬的鄱阳湖，水干枯了，生命的寒意在那小河般的蜿蜒里显露无遗。然而，蜿蜒之势的两旁，却生长着无边无际的芦苇。

芦苇，一丛连着一丛，一片连着一片，似水，如竹，朴素洁净，坦荡高贵。苇叶是温暖的黄，芦花是轻柔的白。太阳光洒下来，一群水鸟扑棱翅膀从芦苇丛飞向天空，整个湿地活泛起一种生命明亮的美。

一阵风起，芦浪翻涌，芦花悠悠，那些游荡的白色精灵，在“我”中穿行，每一个细节都在展示饱满的力量。没有谁可以驾驭风的走向，芦花的命运注定“随风而逝”。但这又有什么关系呢？不问西东，顺天适性，该努力生长的时候就努力生长，该抽穗扬花的时候就抽穗扬花，该零落成泥的时候就零落成泥，只要美过，葱茏过，奋斗过，作为生命，足够了。何况，每一个逝处，其实不都是生命重新开始的地方吗？看着吧，只要根下有一点儿湿土，下一个春天，定能“噌噌噌”地长出一片新绿。这么多的芦苇，每年开了谢谢了开，多像一茬茬青春的孩子，敢爱敢恨、敢闯敢试。

▲ 芦影（刘国南　摄影）

我多想自己也是它们当中的一株，怀揣梦想，无所畏惧，从熟悉跑入陌生，从白天跑进黑夜，从近处跑向远方。

夕阳敛约光线时，有鸟归巢，在芦苇丛折腾出不小的动静。只是，我始终都没听到芦苇的声响。这是一种不出声响的植物。世间的寂寞，异语的聒噪，风雨的磨砺，它一直都在默默忍受，永远是那般细腻修长。当遭遇外力不得不弯曲成一根弧线时，它依然可以依赖内心的韧性挺拔如初，于是就有了傲然风骨，像极了旧时光里儒雅的文人，不曲时阿世，洁来洁往，靠一己才学，立命安身。

一朵芦花落在我的袖子上，毛茸茸的。又一朵芦花亲吻我的脸颊，虚无柔和的气息从脸上到脖子到心脏。气息向下，一些往事却漫过记忆，从岁月深处涌上心头，世间跋山涉水的悲壮以及悲壮之后难以言喻的柔情交织在一起，宛若强大电流在袭击，我难受得几乎要哭出声来。

当遍野金黄被一把把镰刀收割干净，幼时黄昏水渠旁那几簇撑到深秋的芦苇，成了水的骨头。山寒水冷的世界本就是瘦骨伶仃的可怜人了，造物主偏偏还要着意去渲染一份骨感，小小的心，谁会愿意去喜欢支棱在渠首边的那几丛芦苇呢？

我假装看不见芦苇。我只看到又圆又大的夕阳。我对着夕阳挤眉弄眼，仿佛多挤几次眉多弄几下眼，远山那一片云就会以最快的速度苏醒。醒了的云拽着热烈的红满天空地跑，一圈两圈三圈四圈……世界，开始重新热闹起来。身边的母亲却一直很安静，即便我着意提高了跳跃的频率，她也始终保持秋的表情。

母亲怕是不喜欢夕阳的，她的眼里只有那些芦苇。对芦苇看不够的母亲，每一次，都会把最沉默的那一支带回家。“最沉默”是我的说法，我觉得它把头垂得最低，最想亲吻沉默的大地。

带回家的芦苇，一天一枝地，全被母亲安插进了那只泛着温润光泽的大瓷瓶里。那是父亲出差景德镇时，特意买来送给母亲的。父亲在外地工作，一两个月回一次家，回家时总带给母亲礼物，有时是东北的皮靴，有时是上海的面油，有时是杭州的丝绸，而最中母亲意的应该就是那只瓷瓶。母亲把瓷瓶摆在梳妆台的旁边，每天把它擦得锃亮。

插进瓷瓶的芦苇再不是水的骨头了，它仿佛会变魔法，不仅是把它自己，连带着把整个世界都变得无比蓬松柔软。看一眼芦苇，再看一眼母亲，我似乎一下就跌进了梦境。梦里，到处都是怀抱，比乳房还要丰盈多汁的怀抱。母亲也渴望那样一个怀抱吧，或者母亲想在梦里送给父亲那样一个怀抱。

其实我也是无比想念父亲的。思念快要把胸膛撑破的时候，芦苇也把瓷瓶插满了。我慢慢发现一个秘密：芦苇把瓷瓶插满时，父亲一准回家。这个秘密使我的心“怦怦怦”地跳过好几回，每次母亲带我们去渠首边折芦苇的时候，我就跑得远远的，我怕母亲窥破这个秘密。因为当秘密不是秘密，日子便无所期待了。无所期待的日子未免也太不好玩了些。

回家的父亲把我和弟弟挨个高高举起，清脆的笑声在他的头顶打着转，向屋瓦向天宇漫散。回家的父亲把母亲紧紧搂在怀里，之后，帮着母亲把瓷瓶里的芦苇一枝一枝取出来，扎成一把结实的扫帚，扫去人间万般愁。尘障总是越扫越少，路也会越走越宽。几年之后，父亲买了房子，将留守乡间的母亲及我们接了去。那一刻，瓷瓶最空，母亲的心最满。那一刻，因为母亲脸上的熨帖，我无比喜欢起故乡水渠旁的芦苇。

与父亲团聚了的母亲，执意让瓷瓶空着。

母亲将瓷瓶送给我，作为嫁妆的一部分。母亲的心意，我懂，所谓岁月静好，莫过于心被爱填满而瓷瓶空着。很多次，我其实很想跟母亲交流一个看法：这世上，最有意味的清供莫过于一只插上几枝芦苇的瓷瓶。但是我忍住了。不想让母亲忧心，我便一直空着瓷瓶。

多年以后，当我行走在鄱阳湖这条著名的水上公路上时，我在想，该如何向母亲形容眼前所见的芦苇？不是一枝两枝，不是一簇两簇，是铺天盖地，是辽阔无边。我又该如何向母亲启齿——她的女儿，一个年届不惑的女人，心里有颗文学的种子正在不管

▲ 平凡之路（刘国南 摄影）

不顾地发芽，她正被不可知的远方所吸引，她要打破现世的安稳、离开熟悉的县城去省城工作？一切从头来过，她其实也很担心也会害怕，究竟自己有没有足够的气力去折腾，带给爱人、孩子的，究竟是幸福还是忧愁？

芦花两岸雪，江水一天秋。“逝者如斯夫，不舍昼夜！”生活是流动的河流，唯流动才能生生不息，我终究还是迈出了去往省城的那一步。我、婆婆、孩子在省城，爱人、父母在县城。空着的瓷瓶，在离开家时特别醒目，像生活被撕裂的那部分，使人不忍直视。我便在摆放瓷瓶的正上方墙壁上挂了一幅风卷芦苇的图画。爱人端详画许久，告诉我：“放心吧，所有的春天都是从芦苇开始绿的。”这句话，使我流了许多幸福的泪。我想到了另一幅画——波提切利的《春》：水星神指引生命最珍贵的美、春、爱向无终的大路上迈步前进，虽然生命的仇敌——西风——在后面追捕，他们仍旧勇往直前，孟实先生说此画可叫《生的胜利》。生的胜利！

熟悉的、陌生的；艰辛的、幸福的；失去的，收获的。芦苇所经历的，我必将经历。当一切慢慢走上正轨，母亲那颗悬着的心终于可以放下了。是的，母亲，放心吧，漫卷芦苇的长风从来不是困厄，它应该是梦想。浩荡长风，自由，勇敢，无惧无畏。大凡被长风培育过的事物，都跌宕而柔韧，蓬勃而绵远。

徘徊着的　在路上的
你要走吗 Via Via
易碎的 骄傲的
那也曾是我的模样
沸腾着的 不安着的
你要去哪 Via Via
谜一样的 沉默着的
故事你真的在听吗
我曾经跨过山和大海
也穿过人山人海
我曾经拥有着的一切
转眼都飘散如烟
我曾经失落失望失掉所有方向
直到看见平凡才是唯一的答案
当你仍然 还在幻想

你的明天 Via Via
她会好吗 还是更烂
对我而言是另一天
我曾经毁了我的一切
只想永远地离开
我曾经堕入无边黑暗
想挣扎无法自拔
我曾经像你像他像那野草野花
绝望着 也渴望着
也哭也笑平凡着
向前走就这么走
就算你被给过什么
向前走就这么走
就算你会错过什么
……

此刻，芦苇地的长风在《平凡之路》的歌声里起承转合。

04

鄱阳春不老

没去鄱阳之前，“春不老”于我，只是一个好听的咸菜名儿。我对它的全部印象定格在《咸菜和文化》的描述里：“各地的咸菜各有特点，互不雷同。北京的水疙瘩、天津的津冬菜、保定的春不老。”北方春不老不就是南方雪里蕻嘛，也没啥可稀奇的。

到了鄱阳才知道，此春不老和彼春不老不一样，它稀奇得很。《广群芳谱》有专门说到雪里蕻。这种蔬菜植物，菜有锐锯齿及缺刻，类芥菜，菜稍纤，花黄，“雪深诸菜冻损，此菜独青”，故名，北人谓之春不老。而鄱阳春不老，茎白洁而光滑；叶色绿如墨，故又称黑菜；形虽似芥，却比一般芥生得壮硕、饱满；叶片大且厚，叶围呈不规则锯齿状，背面有茸毛；其香绵长清雅，不似雪里蕻及其他芥菜那般辛腥味强烈。

更稀奇的是，它种的地方，只要一出鄱阳镇东湖五公里外，就会变异，变成类似芥或菘（白菜）的样子，叶色不黑了，叶片也不肥厚了，口感淡而无味。这一点，很多在二十世纪六十年代末下放到农村的鄱阳镇人，有较深体会。他们从县城买好春不老菜苗带到乡下去种，侍弄的方法也一样，却怎么也栽种不出东湖边上那样的春不老来，很是气馁、沮丧。

百思不得其解的人们都在传说，北宋景祐年间，饶州知州范仲淹来到宝胜桥一带，指着东湖北面说，把州学从城内移到这里，以东湖为砚、妙果寺为笔、督军台为印，二十年后当出状元。且不说州学迁移后二十年，果真出了状元彭汝砺，只凭这“东湖为砚”一说，便给了人许多的想象空间。学子、雅士们在东湖读书、作文，免不了要洗笔洗砚。老百姓便乐得用这饱含墨汁、文脉的湖水挑去浇灌春不老。顺理成章，菜叶也就成墨绿色了。

传说是无从考证，只能看作是对春不老的一种礼赞和一份感情。之所以能长出那样稀奇可口的春不老，说到底，应该是东湖四岸水质、气候、土地等因素共同作用的结果。这与贵州茅台只能取水赤水河、只能在遵义仁怀茅台镇生产，是一个道理。

鄱阳春不老的生长周期，约三个半月。每年农历九十月下种。种粒暗红，较油菜籽小，有浅浅光泽。下种是天女散花式的。十五天到二十天菜苗破土而出，与小白菜秧有几分神似。经验丰富的菜农，此时会仔细选苗。选苗是个技术活，以三到五寸为宜。苗选得好，将来长出来的春不老品相好，每株重量均在三到四斤左右，口感也最佳。松土并在土上溜沟，将选好的苗以间隔七八寸的距离移栽。

冬季，大地休养生息，春不老也仿佛进入休眠期。一开春，可不得了，菜苗直往上蹿，最高的能超两尺，最重的有近十斤。搂在人怀里，真像是抱着个三月大的宝贝孩子。年还刚过呢，各家各户就得收了闹春的心思，赶紧收割回家。不然，连着三两个晴天，那脆生生的春不老就会抽心开花，转眼成“老”菜。我见过春不老开的花，黄澄澄的，跟油菜花儿差不多。汁水丰盈，清香逼人，收割回家的春不老在鄱阳人眼里，简直就是一个个刚从鄱阳湖洗浴归来、衣着墨绿萝裙的仙女。仙女娇娇俏俏、欢欢乐乐，让整座屋子、整个镇子瞬间变得蓬勃、灵动。

清洗。晾晒。晒谷场，马路边，庭院，走廊，甚至厅堂，错错落落、挨挨挤挤，全是一篙一篙的墨绿。这时的鄱阳，简直是春不老的海洋。碧波万里春，东湖之夜便在这“笃笃笃”的切剁声中整个沸腾了。一湖清水赐予鄱阳鱼米之乡的富庶，人们在海洋里陶醉。

然而，水并不总是这样温婉可亲，它有时会像一个阴晴不定的暴君，肆意妄为。历史上鄱阳水害频仍。加上古时以水运为主，历朝历代鄱阳重镇常为兵家所必争。以营商、捕鱼为主业的鄱阳人，在水灾、战乱和人口大迁移的历史进程中，也曾风餐露宿。艰难困顿里，什么才是最妥帖的安慰？民以食为天，最妥帖的安

▼ 摊晒春不老（刘国南　摄影）

慰当属那蕴藏绵绵乡情的独特乡味。动荡流离，新鲜时蔬常常是种奢望，鄱阳人便逐渐摸索出一种可将蔬菜保鲜的方法，即腌菜，来慰藉自己。

我看过鄱阳人腌春不老。

菜去头洗净，晒到七八分干。将外围几片叶剥下，拢一堆，大刀切碎，撒盐拌匀，用力揉搓后往干净坛子里塞。紧实、完整的菜心加盐揉搓至茎叶变软后一株株往陶缸里码。

娇嫩的春不老在一双大手的反复揉搓中，面目全非，我心里特别难过。可是又想，不这样又能怎样？芳华易逝，总不能眼睁睁看着它们更快地沦为一堆堆再无美感、价值的腐叶吧？好比人生如海，各种风浪里，让生活之盐多腌几回，腌透亮了，我们才能安然度过。

一层，一层，垒紧码实。用石头压好。约十多天后，盐渍出的水漫过了石头。石头底下，茎叶灿黄。有酸香自坛、缸溢出。用若干打尽谷子的禾秆编出一根长小辫并密实团成较坛子口稍大的小圆帽盖住坛子口，再往石菜铺子里头装清水，然后一手捂住小圆帽、一手托起坛子底，一鼓作气将坛子倒扣在石菜铺子上。石菜铺子里的水，可通过禾秆吸收到坛子里，既保鲜又隔绝空气。每天路过，溜一眼，看水干没干，倘若快干，随手再舀一瓢清水加注。生命之水长流，放再久也不用担心坏。

随吃随取。取时，微侧坛身，用干净大手往坛口里一掏。掏一碗春不老，真像是与古风握了一把手，平添诸如青梅煮酒、围炉夜话、登高赏月的意趣来。

春不老可作腌菜，也可作盐菜。盐菜即霉干菜，将陶缸里腌好的菜心，晒至半干放饭甑上蒸，待菜香四溢取出再晒，至深黑色即成。

看似无情的“腌”，让春不老生命之树常青，何尝不是人对美好事物的别样珍惜和另类长情？历史上的湖坝决口和天灾之年，春不老腌菜成为鄱阳许多家庭渡过难关的法宝。

我的老家吉水也做腌菜。我的姑婆生前在南山岭种了不少菜，豆角、生姜、辣椒、萝卜、白菜、黄瓜、刀豆……吃不完却也不卖，学邻居洗净塞进陶坛里。四季风光一藏储，寻常日子似乎就迅速有了另一番滋味。

可惜，我手不巧，实在缺少那种陶坛里变魔法的本事。姑婆曾郑重其事地教，我也曾郑重其事地尝试过许多次，终究还是没能让鲜瓜菜被时间酝酿成好腌菜。姑婆西去后，我便将老家的腌菜坛子送给了她相亲相爱过的邻居，把一份念想装进自己的心里。

这份念想，我用文字倾诉过。文字被国南兄无意中读到，他特意打来电话，说要送我一份小礼。礼物很快收到，是一袋子“色如金钗股”的腌菜，标注“鄱阳春不老”。之后，每年夏初，我都能收到挟裹万千阳光与湖光山色的“鄱阳春不老”。

国南兄年长我近二十岁，是鄱阳县的老水利。2014 年冬天，我第一本散文集出版，他不动声色找来两方印石，雕刻两枚印章，一枚署“罗张琴”（本名），一枚署“七八子”（笔名），快递给我。我很感动，打电话表示感谢。他说，感谢就远了，希望能坚守，出更多好作品。

国南兄是一个将“坚守”进行到底的人。为人踏实、风格细腻的他，各种能力常常为领导或诸多重要部门所看重，也有过几次转行晋升的机会，只因感念当年老局长的知遇之恩和怀抱对水利事业的深深喜爱，他哪也没去，在繁杂、辛苦的人秘岗，一干三十几年。

这份坚守，从目的讲很单纯，于过程却又极丰富。这些年，他没有被大大小小的会议、长长短短的材料、来来往往的人群、轻轻重重的事情所淹没，工作之余，用镜头记录水利建设、见证改革发展，为地方捕捉许多珍贵图片，有些图片被《人民画报》《大众摄影》等刊用并偶做封面；书法篆刻作品多次入展全国、省级的书法篆刻展并获奖，其中篆书中堂《敬录毛泽东诗词〈游泳〉》入展“长江颂”国际书法收藏大展，并被长江文明馆永久收藏，这些都使我由衷感到钦佩。国南兄告诉我，本来他想在印章边款刻一株“春不老”喻个好彩头，但又一想，觉得还是留白更好。初心不倦，能得春色满园。世间事，大抵如此。

鄱阳有句俚语叫“盐贵米贱”。照说，稻谷生产难于食盐生产。但米可自己种，盐却不能。“一包盐在淮安”，民间表达的是可望而不可即的事。腌菜离不开盐。过去，盐店几乎占了古饶州小半个市面。从筷子巷口顺正街下行，每隔三四十米距离，就有一家门楣间吊着大杆秤的盐店。白花花的盐，堆满硕大苏缸，柜台散落大小的盐包若干。盐包，一律用草绿色的干荷叶包裹，棱角分明。

时过境迁，盐不再贵过米，那些盐店也早已退出历史舞台，而春不老却代代相传，成为鄱阳人的舌尖之享、心尖之念。我曾尝过一钵春不老煮黄芽头，鱼肉鲜嫩，腌菜酸爽，一吃难忘。

春不老，滋养心胃那么多年，却至今鲜有记载，鄱阳人心有不甘，觉得“出东湖五公里而变种”是流传不广的主要原因。于是，他们创建了以春不老为主的农业科技园，从蓄积、选种、提纯、育苗、栽培等进行研究，经过二十多年的努力，不仅打破“春不老出东湖五公里而变种”的魔咒，扩种基地十万多亩，还将亩产量从之前的三千斤提高到现在的两万斤，种植春不老的农户亩收入高的可达八千元。

春不老，让鄱阳人的日子越过越如春天般和美。

05

坞源早

金秋，我在荷桥所看到的，锐利的镰刀、古朴的禾斛、晒天里摊晒的粮食以及屋檐下打盹的老祖母都是会吸光的，多看几眼便越发觉出岁月的深邃和时光的幽微来。

奉饭敬神明，鸣炮谢天地，请老父老母上坐，叫女儿女婿回家，丰收之后的第一顿新米餐，程道明家吃得团圆又隆重。

饭甑里舀出的第一碗饭，程道明让儿子双手呈给老爷子。父慈子孝，兄友弟恭，这是荷桥多年传下来的老规矩了：新米餐，长辈先。长辈动了筷子，一家子才吃得欣喜，日子才能和顺富足。虔诚奉饭的背影，让我眼睛一热。人呐，活一辈子，说到底，图的无非是能吃一碗饱饭、好饭。饭碗来之不易，得珍惜，千万别让小心思、坏心思将它给打碎了。

老程有些唏嘘：一粥一饭养育的孩子，说长大就长大；虎实、稳重、阳光，穿警服的儿子可比自己帅多了。

坞源早是老程的饭碗。自八九岁随父亲下田，选种、浸种、播种、耕田、插秧、耘禾、除草、施肥、浇灌、收割、摊晒、剪芒、去壳……老程学得用心，做得深情。在老程朴素的认知里，从老祖宗那里传来的滋养生命的稻子，与大地、河流、山林、梦境，浑然一体。

四月播种，十月成熟。坞源早，天生一个慢性子，对生长环境的要求也堪称苛严：山要高，水要冷，土壤要肥沃……荷桥，种它的历史可追溯到南北朝时期。"上风吹之，五里闻香"魏文帝曹丕诗中所言即坞源早香稻之香。明朝正德七年，万年知县为答谢朝廷建县之恩，将荷桥坞源早制成大米进贡，皇上食用后龙颜大悦，大加行赏，传旨"代代耕种，岁岁纳贡"；至清代，州县纳粮送至京城，朝廷必待万年贡米运到，方可封仓。

贡米的秘密与这方水土有关，它只生长在荷桥一片狭长的名叫荷树源的山坞间，总共只有 300 亩地。荷树源，冷山泉长年不断，泉水带来山上的矿物质，浇灌着稻田，形成了独特的冷浆田。冷浆田，被自然之手分割，一小块、一小块，全在两山之间绵延。从空中俯瞰，曲曲折折、层层叠叠的稻田很像是在山体间蜿蜒生息的河流。耕种就有收获，农业有一诺千金的美德，"河流"日夜哺育，荷桥史上，从未遇到过大的灾情，再怎么苦都能吃饱肚子。

大地一片金黄，是最让老程开心的图景，可不知为何，每每看着那些金黄的稻穗，老程心底却也总会翻涌起莫名的忧伤。这世上，但凡美好的事物总含有某种无端的寂灭，也许只是一个疏忽，一点轻慢，我们就会中断与这些事物的联系，就像人与人之间，离散之后，再难相聚。二十世纪六七十年代，人们被虚幻的数字迷惑，主动或被动地纷纷改种、弃种坞源早，如果不是一个看山老人避世一隅种下三分田，这代代相传的种谷怕是再也找不回来了。老程每思于此，无端生出凉意，下意识将贴身藏在胸口的那一小包种谷捂了捂。再往后，地一年比一年多，他将外出务工的邻居们不想种的、种不动的山坞冷浆田租、盘下来，现今整整种了 70 亩坞源早。

已分不出身来做耕种稼穑的农活的儿子对父亲的执着很不解：二十世纪九十年代，父辈们就办了加工米厂、编织厂等，生活蒸蒸日上，自己也还算争气，考上了公务员。何苦年岁渐长的父亲要去受这份罪？要知道这只种一季的坞源早，秆长，芒长，生长期长，这些野生稻特点恰恰是对农人的最大束缚。因为怕它长得太高会倒伏绝收，所以不能用化肥；因为它禾秆又细又硬，状如苇秆，也用不得农药；因为它芒长，会卡住机械，连打谷都仍只采用祖先留下来的工具——禾斛。总之，从栽种到收割全凭人工，制米时还得一根根将谷尖的长芒剪除，劳动强度大得不得了。最使人沮丧的是，就算再怎么精耕细作，一亩坞源早田所能捧出的全部心血，最多不过 400 斤，产量不到寻常稻种的一半，毛收入根本不够付请劳力的工钱。在老程儿子眼里，倒贴着去做一件事、一做那么久还甘之如饴的父亲，简直和同村的全福大伯一样轴、一样倔、一样不可理喻。

全福的名字让老程会心一笑。“丰收年景丰收乐，遍地春风遍地歌”，这是写在万年贡米农耕文化展览馆门前柱子上的一副对联，这老兄，到底还是凭一己之力将馆给建起来了。馆成那天，老程第一个跑去看，墙上一幅幅挂着的是展示坞源早种植各环节的图画，各种习俗那么熟悉，那么鲜活。屋内摆满风车、犁耙、碾盘、米斗、水轱辘等农耕器具、生活旧物，有些老程能叫得出名字，有些居然是老程见都没见过的。全福留老程对饮，老哥俩算是把一腔情怀给喝透了。醉了的全福只说在荷桥建馆是给孩子们留个念想，但醉了的老程却模糊地感知到这展览馆里的一切与山水、风月、田野、炊烟混合在了一起，是能世代传下去的记忆。

与万物共生，是中国人最古老的自然观。那些从土地中长出来的粮食，正是生命的基本动力。老程给我讲全福的故事，他说坞源早是庇护全福的另一座庙宇，全福的来路与命运全藏匿此间。

年花，是全福母亲的名字。彼时，全福父亲是乡间年轻的篾匠师傅，擅长编草席、做晒天及盛谷器，农闲时，常被人请去做工。某天，到了年花家，端庄大方的年花出来倒茶，她按茶壶时的浅笑，仿佛瞬间在篾匠心里投下一粒石子，杯中茶水泛起圈圈涟漪。年花的目光也被篾匠那双灵巧的手所吸引，深深喜欢上了那颗做工时无比沉静的心。可年花母亲扯了扯年花父亲的袖子，饱含忧虑地悄悄摇了摇头。

“女儿呀，荷桥，田少；坞源早，粮薄，日子苦着呢。”年花父亲说出了坠在袖子上的隐忧。“坞源早”三个字让全福父亲脸上的笑尴尬地动了好些下。鄱阳湖畔，怀玉山麓，万年县有三宝：贡米、珍珠和生猪。荷桥是万年贡米地地道道的原产地，本该是荷桥子孙最引以为傲的坞源早竟落魄成阻碍美满姻缘的拦路石了。

许是天下之物，都因稀而贵吧。株高最高可达一米八的坞源早，自古结实稀疏。正所谓木秀于林，风必摧之。倘开花结果多，风雨一来，高处不胜重累，更容易倒。一倒伏，则颗粒无收。这番教训，稻子也是懂的，它克制着自己的欲望，结稀疏之果，唯此才经风雨，细水长流。坞源早，坞源早，山坞泉源，人勤春早，这颇具《诗经》古风的名字，这传承千年农耕图景的名字，此刻，饱含苦涩。

好在，心若相许，虽苦也甜。年花还是义无反顾嫁到荷桥村。过门那天，独轮车车头挽着大红布花，一头握在新娘子手里，一头系在一包娘家带过来的谷种袋上。

山坞里的冷浆田，也许注定是只能种坞源早的。阳光不足，水温偏低，新品种灌浆不饱满，八成以上是瘪的。实验以失败告终，口粮更显拮据。全福祖母郁郁寡欢，很快离世，从此，年花仿佛赎罪般，几乎日夜泡在荷树源里那几亩薄田里，成了种坞源早的行家里手。

几十斤精挑细选的坞源早种谷是用好几床竹席换来的。年花小心翼翼接过，脸上涌起一种如捧一尊救苦救难菩萨在怀般的虔诚恭敬。轻轻揉搓，滤去浮在水面的霉变了的瘪谷，将剩下的种粒倒进一只没有内胆的编织袋，扎口，扛到荷树源，在淙淙而流的泉水中浸泡两天两夜，再将种谷扛回家中。冰冷的泉水沿湿漉漉的谷包顺年花肩膀而下，将衣裤鞋袜逐一浸凉。年花不停烧热水，不停用温水反复冲洗种谷，忘记身上早已寒凉刺骨。

谷芽终于破壳而出。

隔年的田重新翻好平整，周围的杂草荒秽付之一炬，焚烧的草木灰经雨水冲刷尽入田中。原生态的烧草肥田，尽显“刀耕火种”之余韵。年花用“荡耙”将犁耙烂的田荡一遍，平整如镜后再踩平，将那些发芽的种谷撒在田上，不能太密也不能过稀，秧才会碧绿茁壮。年花一只手将簸箕卡在腰上，一只手将种谷播撒田间。她撒种的样子，像杨柳在跳舞。

小满过后，秧苗长出五寸高。朝阳初升，年花遵循古礼在秧田一旁点燃香烛，祭拜地公地母，祈求风调雨顺。“开秧门啦！”一串鞭炮燃响后，开始拔秧。秧兜要整齐；秧把扎成扇形，用笋壳撕成的细条或稻草、棕线等，顺着时针方向往上一勒，秧苗便绑好了。在荷桥，拔的第一把秧不栽，要一路头也不回带至家中抛挂到堂屋正中的横梁之上，寓意四季平安、五谷丰登。吃早饭时，年花把第一把秧带回家，整理干净，用红布扎牢，递给家中男丁抛挂。抛挂很顺利，一下子就挂牢了，一屋子的人眉开眼笑，早饭吃得别提多香了。谁也不知道年花究竟练了多久，一个早上竟然拔了二百多把秧。

荷桥一带插秧，祖上传下来的规格是一尺二，田亩大的得用机禾车打成方格，按格点株，三行一栽，人往前走；山坞里的冷浆田，则随田塍打箍插，也是三行一栽，人却是往后退的。正所谓“闲行北陌与南阡，策马分秧看种田。退步原来皆进步，始知落后是争先”，年花打好箍，后退着，看一丘秧田葱绿齐整。

“禾耘三道仓仓满，豆锄三遍粒粒圆。”秧苗栽下十天半月后，年花手持一根木棍即耘禾棍，赤着脚，绕着一棵棵禾苗把旁边的草踩入泥中并抹平。“头道叮叮咚，二道加紧搡，三道塌塌塌，四道有得恰（吃）。”这是荷桥流传的一句农谚，意思是说耘禾有讲究，头遍二遍要细心呵护，到了三遍四遍，苗已成棵，田间杂草不盛，随便耘一耘，便可以坐等收割了。

盛夏之夜，颀长的青禾低垂下头颈，悬着其上的露水，宛若天上美丽的星子。月亮是一只圆圆的鱼篓。望月的人似乎只要轻轻一伸手，鱼篓里的泉水便倒进了更多的泉水里。年花总让自己男人陪她去看荷树源的田，与那些青禾相守一晚又一晚。男人醉倒在女人如秋水般的凝视里，与女人融为一体。这坦诚的恩爱，似乎得到了神灵的眷顾，随青禾一起增长，于是，在1961年就有了带着稻香出生的全福。年花凝望襁褓中的那张小脸，喃喃自语："孩子，愿你此生，能吃一碗饱饭。"那一年，是三年困难时期的最后一年。

关于一碗饱饭，全福有刻骨铭心的记忆：九岁那年，祖父病倒了，花甲之龄的人看上去是那般的苍老与衰朽。做篾工的父亲趁着夜色回家，一回家即令母亲将前后门窗紧闭。里屋灯火昏黄，父亲的嗓音被有意压低，这使得他脸上的喜悦之情瞬间变得诡异和可疑。父亲解开外衣，从腰间解下一个布包裹交给母亲："给，做工的报酬。""呀，是糯米，上好的糯米，足足有五斤。"母亲欢喜得叫出了声。"祖宗啊，可不敢叫，这要是让人听去了，非得被人全没收了去。这年头，做工不能算工钱，东家人好，偷偷塞给我几斤自种的糯米，快，生火，打点糍粑，好好解解馋。"糯米上屉蒸软，怕有动静，母亲只好躲在房间用一只小木桶和一根棒槌碾压了好久。糍粑成形后，父亲让全福端一碗送给病中的祖父，以表孝心。全福端着粗瓷碗一溜小跑来到祖父床边，兴奋地叫："爷爷，我扶您起身，吃好吃的糍粑。"祖父很高兴，病似乎一下就好了，他自己坐起身，接过碗，搅了一筷头糍粑送进嘴里。谁知，正是这一筷头糍粑将祖父一生的口粮瞬间给埋满了。原来，这躲在房间打的糍粑因力道不足，没能打好，表面软糯内里却夹生，老人家想吃，搅得过多，咽得过快，糍粑堵在喉咙，竟活活将人给噎没了。全福，永远也忘不了祖父张嘴咽气、死不瞑目的样子。这要人命的粮食呐。一家人哭了许久。无辜的糍粑就这样风干在岁月里。

有风吹过，伏草丛沙沙一片，仿佛有一声喑哑的吞咽声从远处传来，幽幽地让人心思一跳。人与庄稼，毗邻而居，那一粒粒粮食犹如盛满陶罐的火种、星辰和蓝色的水。小时候，我们吃饭从来不敢剩一粒，掉在桌底下的也恭恭敬敬捡拾起来拢进鸡食盒里，因为姑婆说老天爷最不宽恕糟蹋粮食的人，雷公电母专撵着他们劈。

草木荣枯，道法自然，荷桥人完完全全根据自然气候来安排农事，不焦灼，不贪念，懂珍惜，寂寞于潮流之外，借自然之力种出独特的大米。动荡结束后，改革开放的春风吹遍大江南北。全福注册万年贡米商标，成为荷桥第一个从事米业加工的私营企业老板。在他的带动下，一批人越走越远。市场、竞争、网络、

▼ 坞源早原产地荷树源（刘国南　摄影）

电商、创新融合、精益求精，时代的脚步，飞速向前，不停碾压每个人的头脑，全福有些焦虑。虽说坞源早香传五里、营养价值高，但它含腹白较多、淀粉量大，不如现代稻谷透明，而且说也奇怪，它生生世世只固守在这个小山坞，若被强迫移栽，则变种变味，甚至不育，这着实难解的故园情结不知粉碎了多少代人遍种贡米的梦想。

我对一切忠实内涵、淡泊守节的事物深深敬仰。可是，中国人最大量需要的稻子，实在应该尽可能多地耕种，以养活更多的人。全福一定也是这样想的。他无数次去往江西农业科学院、江西农业大学寻求帮助。他与邵考祥等教授一起在荷树源守了无数个通宵，等坞源早开花。

稻子的花开在夜晚，花期不过三个小时。那些被露水打湿的夜晚，这些人头戴电筒，盯着几百株坞源早青苗，几乎不敢眨一下眼。花开了，一人持放大镜，一人用掏耳勺一样的器具将花粉掏出，小心翼翼放入盛装优质稻花粉的玻璃瓶里。他们一株一株地采，有多少取多少。他们用现代科学技术，对谷种提纯复壮、净化水源、模拟日照小气候等等，想方设法让坞源早提高产量，走出荷桥，走向更广阔的沃野平川，如今已拓展含贡米元素的有机稻基地60万亩，其中万年县有10万亩。原产地的贡米更是卖到了200元一斤，坞源早名气越来越大，坊间都说：“在万年，千万不要小瞧一个会种大米的人。”

一粒大米，聚天地灵气，采日月精华。在老百姓眼里，是住着神灵的圣物。在我的老家，每逢走夜路或参加白好事，大人总会用一张红纸包一小撮米让我们揣在身上，说是可挡煞气、能避邪气。但凡有小孩受到惊吓哭闹不休，大人会用红布包一小包米在他头部、面部、背部不断滚动，并在身旁放一箩大米，滚呀滚，直到箩里的大米突然呈现一些浅浅的痕迹，大人如释重负，说吓人的精怪都被米吸走了。也是神奇，每当这时，小孩却也不哭闹，睡着了。也许是折腾许久累了，也许是孩子在大人身边待着心神安定吧。

人，每日都吃粮食，阳光、雨露、清风、明月、鸟语虫鸣便在体内循环往复。从这个意义上讲，人是一粒行走的粮食，粮食也是一个行走的人。当植物植入土地，家园就有了春种秋收的信心。

转眼，清明已过，谷雨将至。应老程之约我再次来到荷桥。近知天命的全福也回到荷桥重新捡起锄头当农民。正是暮春一个饱满的大晴天，荷桥处处发着湿漉漉的光。老程从谷仓里掏出一袋稻谷，仔仔细细摊薄晒在团箕上。摊好后，老程眯着眼，看了看天上的太阳。再低头，他说这日影中，平白生出过往的一些虚幻景象来。他看见母亲不停用耙子翻晒谷子，看见祖母用扇子扇炉子里的炭火，看见炭火上置着为患胃疾、肠疾孩子熬的米粥，他听到夜晚放水时年轻夫妻在田野里恩爱的动静，又重新经历了那一年根叔的死。

山坞间，常有野猪出没。其实野猪是不吃谷子的，它爱吃泥鳅。坞源早灌浆时，田里的水被排干，露出许多泥鳅。野猪欢天喜地跑进田里，吃稻子下面的泥鳅，将一片齐整的稻田拱得稀巴烂，浆再也无法灌饱满。坞源早成熟的十月，野猪出没尤其频繁。它怕冷，想赶在冬天到来之前能在山中搭一个温暖的窝。被阳光以最大耐心看照的稻禾，在野猪眼里是最好的材料。它不时窜进稻田，用利齿将禾秆咬断，一沓沓地拖进山中，寻块好地铺一床金黄被褥，好不舒服。畜生是不懂粮食的珍贵的，或者它所需要的从来不是沉甸甸的稻谷，野猪边撕咬边在农田里撒欢打滚，荷桥村人盼了一年的丰收好景，转眼话凄凉。于是，荷桥人不得不和野猪抢粮食。他们不断想办法驱赶野猪：做飘红绸带的稻草人，放鞭炮，沿田塍到处撒爆竹燃烧后的红皮花，甚至让专人敲锣打鼓。颗粒度达到九成左右，马上收割，劳力通通上，大颗粒的贡谷一但倒伏，损失巨大。

老郑家劳力少，没有办法不停地驱赶野猪，为保口粮老郑铤而走险，偷偷从村子里拉一根长长的电线通往自家稻田，再在稻田边安装一个220伏的电闸。夜深人静，悄悄把电接通，便会把野猪电跑，之后电闸就跳了。老郑以为这样很安全，他睡得很安心。黎明的哭声将他吵醒了。同村的根叔死了，倒在他家的稻田里。根叔家人说那天晚上根叔忧心老郑家的田看顾不来，左右睡不着，来的路上顺便还在山坞里抽了两杆旱烟。老郑的心像被锥子扎了，疼得直吸气。老郑径直跑到派出所……他的坞源早算是彻底荒芜了。米良，人良。荷桥村人的生与死怕都系在这株稻子上了，老程无端又忧伤起来。

忧伤的老程提着两瓶谷烧去找全福，俩人你一口我一口地喝着，慢慢地，老程心里搁着的那些事渐渐就热了：“老哥呀，老祖宗留下来的好东西，我琢磨着，可不能只是一把养家糊口的米，更不能只是一宗发家致富的买卖。以前我们多跟农业部门打交道，往后可能得转转思路，多跟文化部门磨，哪天，咱们的坞源早做成文化、做成艺术品了，才算真对得起‘世界稻作之源’这块牌子呀。”

新婚不久的女儿携夫婿小张回荷桥，来全福家寻老程，说是有话对老程讲。“全福老哥不是外人，就在这讲。”老程招呼女儿女婿到身边坐，全福忙着添碗筷。小张用一杯满满的谷烧碰了碰老程的杯子：“岳父，不嫌弃的话，我想跟您学种坞源早。”很快，见了底的杯子注满了明晃晃的光亮。

一只麻雀俯冲下去，因为一粒黄金般的种谷，整片田野都被惊动。人在米途相遇的背景，变得宏大又隆重。

06

树树之椒

多雨的江西，水流纵横，山色清华，日照丰沛，气候潮湿。有温中下气、开胃消食、驱寒除湿之功效的辣椒，顺理成章，成为诸多江西人的舌尖宝、心头好。

吃辣，仿佛是江西人交流情感的一种无声密码。餐桌上的气氛会在明艳的辣椒炒肉、爆椒牛肚、香辣螺蛳里迅速升温；有时候，甚至都不需要任何主菜，直接把椒言欢，慢慢吃。吃着吃着，许多情感和滋味就都有了。

今年 53 岁的李伟良，是余干县洪家嘴乡枫树李家村的一名普通农民，与辣椒几乎打了大半辈子交道。

俗话说，穷人的孩子早当家。李伟良自小便跟随父亲去生产队种辣椒挣公分，谋些微口粮。丰收时节，炒辣椒、烫辣椒、擂辣椒、腌辣椒、剁辣椒、藏辣椒……晒成干、剪成段、磨成粉……母亲和那些大娘大婶大嫂们以辣代粮、以辣代盐、以辣代药、以辣调味、以辣取暖，使贫寒之家得以度过缺盐少油的困窘，真是了不起。

感冒发烧拉肚子是穷孩子常有之事，看医买药困难，村里人就用土方子来治病。最有效的一招就是辣椒树蔸煎水喝，喝上两天便好。天大冷，乡亲们已习惯把辣椒当零食，没事嚼几口，身上顿时暖烘烘的，衣裳单薄也就无所谓了。有时，身上出现小伤口，用辣椒水清洗一下，好得特别利索。

劳作时，小孩子常能从父辈口中听到关于本地辣椒的渊源、典故，知道辣椒在此一种三百多年，有个小、皮薄、肉厚、嚼不留渣、辣后回甘等区别于其他辣椒的特点，明清时多次被地方官选为特产送往朝廷，有"椒中贡品"之称。在李伟良看来，这么多年，辣椒死心塌地扎根穷地方，花开一遍又一遍，树不死，叶不落，从五月一直结果到入冬打霜，义不容辞、心无二念，捧出所有，是一个实诚的"憨坨子"。

李伟良对辣椒怀有一种难以言说的好感。他每天都愿意跟辣椒待在一起。看花开，闻辣香，摸一摸椒果，心就安定、踏实，似乎揣装在他肚子里的那只凶猛饿老虎也变得特别老实，不再使他因为吃不饱饭而难受了。

20 世纪 80 年代，十八九岁的李伟良被改革开放的春风激荡，做梦都想过上好日子。好日子的出路在哪呢？李伟良守着自己一亩三分辣椒地，苦思冥想。风吹稻浪，辣椒呼啸招手，大地仿佛骤然漫卷一道希望之光。靠山吃山，靠水吃水，农民发财就得靠土地。既然家乡的辣椒有历史，家家都会种，人人都爱吃，那就揣着辣椒风风火火去跑出路。

辣性子的人，不犹豫，想好就做。他把家里的两头猪卖了，买来一辆旧"永久牌"自行车。爱辣的人，不怕吃苦。每天凌晨三四点起床，去菜市场收辣椒，用四个蛇皮袋分装。收上一百多公斤后，把袋子在自行车的后座捆扎好，胡乱在裤子上擦把手，抓两个馒头就上路。

一圈踩过一圈，脚板扎力如铁锚，铃声急促而铿锵，李伟良越骑越欢。先是周边乡村，再是邻近外县，路程越来越长，销路越来越广，李伟良很快成了村里的能人和富人，意气风发。

毛主席曾说过，不吃辣椒算不上一个真正的革命者。话说得或许有点偏，有点霸道，毕竟萝卜青菜各有所爱、己再所欲也不强施于人，但吃辣、读书、打天下，确实是他老人家一生最引以为傲的事情。嗜辣成性的李伟良，骨子里也有开疆拓土的万千因子，他离开了枫树李家村，去县里开了家大规模的摩托车行，积累了更多见识。

曾经处境相同的父老乡亲没事常来车行坐坐，眼神巴巴地望着他，一坐大半天，也不说话，只从兜里掏出一只辣椒摩挲、把玩。李伟良，能听懂他们未曾开口的万语千言。拥有鄱阳湖五分之一水域的余干县，地形多像一株汲着鄱湖水的金色辣椒呀，他与所有枫树李家村人一样，始终是同一株辣椒树上的子民。一枝独秀难为春，他的心被一枚枚辣椒弄得潮潮的。

2012 年，他结束了蒸蒸日上的车行生意，注册了与枫树谐音的商标，与乡亲们抱团在了辣椒产业上。妻子笑着骂了他一声“憨坨子”，便收拾收拾家当，带着三个子女随他重回枫树李家，与乡亲们一起当上了种辣椒的新农民。

“新农民”是李伟良的说法。2014 年成立辣椒合作社的时候，出于乡亲们的信任，他全票当选理事长。第一次开社员大会，李伟良问:“为什么咱们村种了几百年好辣椒，却没能过上好生活？”“不成规模”“季节性强，扎堆卖，越丰收越不值钱”“没流通，走不出去，多数自产自销”“没打响品牌”……大家七嘴八舌的回答让李伟良频频点头。他说:“看样子辣椒没白吃，都辣开了窍。从今天开始，我们要当新农民，用心思，做品牌，成规模，靠现代技术走一条新路。”

零散的土地连成了片，数以千计的钢架大棚点亮了枫树李家村的黄昏、撑起了枫树李家村的黎明。

从下种到采摘全是手工，一苗一果都带着心口手间的温度。春三月，乍暖还寒呢，选最好的二十亩地作育秧地，打碎、溜沟、耙平、撒土肥，下种之后，覆一层粪肥，又搬来干禾草给地加床芬芳的被子。椒苗长到三四寸，叶子长出六七枚时，给育秧地浇上足够的水，用小锄头将椒苗连肥带土挖起，移栽到其他菜地里。

老祖宗喜中庸，凡事都讲分寸，要有度，这锄草、施肥、浇水啥的，枫树李家村人既不敢懈怠也不敢过度。滥肥，则营养过剩，苗虽长得高，果却挂得稀稀拉拉，使人失望。所以这儿的椒苗长得扎实，七八寸高后就开始分丫，开出密密麻麻的细碎小白花来，煞是喜人。

担心农药会伤了辣椒的心气和品性，他们选择纯手工除害虫。一蹲蹲到脚发麻，起身，头晕眼黑。但只要看一眼辣椒，又一点不觉得受了罪。原本，这世上所有的好东西，从来都不会轻易能够得到的，劳心劳力付出，才更懂得珍惜。

很快，盈盈亮眼的辣椒，挂满整个枝头。累累椒实，青的葱茏，红的璀璨，一个个活泼泼的。风一吹，一股子泼辣辣的玲珑剔透劲，止不住地向外透。一双双布满老茧糙皮的手摘辣椒时，动作却是无比轻柔，生怕惊醒它们的美梦，好像捧着婴儿的接生婆。

名气最初是被李伟良“送”出来的。他领着社员走街串户，县内外一通跑，见人就送上一大把辣椒。人们开始不以为然，回去一吃，皮薄肉嫩、鲜辣可口，果然不同寻常，便纷纷打听这是什么辣椒。余干辣椒，就这样送出了名气、攻下了市场，并获得农业部农产品地理标志。

枫树李家村东依凤凰山、北倚琵琶湖、南临鄱阳湖，信江之水在村旁缓缓流淌。由泥沙堆积而成的田地，含沙量大，矿物质也丰富，加上气候温和，阳光充足，无霜期长，极适合辣椒生长。一方水土不仅养一方人，也养一方植物。余干辣椒一离开了村子，口感就会走样，隔一条河沟都不行。人能搬走与移动许多东西，但难搬走土地、空气、阳光和水。怎样才能扩大种植面积提高产量呢？

李伟良说，专家学者是他的大恩人，他们用一张张真诚的笑脸消弭了村民内心的忐忑，用一项项现代农业技术帮并没多少文化的自己解了忧愁。一个农民能得到这么多素不相识的人的热心帮助，李伟良对辣椒产业充满信心。

盛夏，阳光足，雨水丰，辣椒长得最好。专家们正在选种，准备对品种进行新一轮提纯复壮。专家说，余干辣椒的种子纯度已达到 95% 以上，提升品质是一方面，最重要的是这些种子可以成功种在别地的大棚里。李伟良告诉我，除了本村的几百亩、周边村的数千亩基地，目前，我国南方已有八个省有基地在种余干辣椒。

村民李爱国感叹，一样的辣椒，传统种与现代种，差别真是大。一季改四季不说，同样两三分地，过去勉强够生活，如今一年却能有两三万元的纯收入。专职打理余干辣椒网站的本村几个大学毕业生，忙得不亦乐乎。海南、广东、湖南、河南等地的经销商云集在此，不少经销商旅居美国、日本，精于国际贸易的江西人将余干辣椒销往国外。

昼长夜短的夏天，形形色色的菜蔬，几近疯狂地生长着。

树树之椒，一片葳蕤。

07

风吹湖草

春天的鄱阳湖，水浅如湾，阳光一暖，草便从湖底铺展到了天边。

湖风吹过，层层绿浪，一起一伏，沙沙声中，极自然地就把太阳和泥土给沁绿了。我在这一片浓酽之绿中，失魂落魄，想不起来要做些什么，只好依着草的长势不停打滚，打得累了，便在这日头底下，仰面一躺，待草香味儿徐徐一醺，闭上双眼，仿佛一觉跌进了水乡深处。

依稀梦里，闻到水菊子粑的清香。这由水菊子草汁和米粉揉成的小米粿，一个个或掺糖或包馅，摆放在鄱阳县解放街一家茶铺的柜台上。水菊子粑碧绿滚圆、冒着热气的样子，着实诱人得很。

水菊子是鄱阳湖草类家族中的小字辈，形如菊花，花朵纤巧，蕊色明黄，叶片柔嫩，每年开春，必着一身灰绿的毛绒软衣裳，匍匐在湖边湿地，仿佛娇憨顽皮的渔家女娃娃。只要水分充足，土质肥沃，水菊子的生长就会特别茂盛。它有许多的别称，《本草纲目》里，李时珍唤之“米曲”，又因叶形如鼠耳，北人呼为茸母，还有地方叫它清明香，但我总觉得还是鄱阳人给它取的名字最恰当，有形有色有地理有乡情，宛如喊自家孩子般亲切。清明时节，取其嫩叶，焯水，挤出叶汁，和在米粉里做成粑，入味甚香。

甜的、咸的，各买一个，边吃边沿老街行走，颇有人世沧桑、滋味绵长之感。

这条长度最长、历史最久、商贸最见繁华的正街，自东向西，横穿了整个鄱阳镇。寺庙，城楼，祠堂，民居，巷弄，或气势磅礴或小巧精致;“丝绸之路”的起点正是它的河码头，景德镇的瓷器、江西的丝绸、江南的茶叶必从这里小船驳大船，经饶河、鄱阳湖、长江运往世界各地。

解放街分上下两节，东门口是节点，东边是上节街，西边为

▼ 草洲（刘国南　摄影）

下节街，坚硬的长条麻石铺砌的街面，犹如一条干净的溪流汩汩向前，“十里长街半边商，万家灯火不夜天”，是宋代至1940年代这条商业街的真实写照。

沿街大都是青瓦盖顶的两层木质楼，前作铺面后住家。伸进街面的屋檐，是脱帽鞠躬的温良绅士，装饰很少的铺面淳朴得像敦厚的渔者、樵夫。商铺有些是本地人开的，但大多分属徽、抚、南、饶四大商帮，其中，最有烟火气的当属茶馆，涌金泉、长三园、一品香、和春园、聚仙楼等等，贩夫走卒、达官显贵，蜂拥而来，胸中暖意在，口中有茶香。

姚公渡、架木棚、瓷器巷、王家河、打油巷……这些由铺面不断伸向街市深处的巷弄，经营着渔猎、竹木、瓷器、寿材、油榨、雕刻、打铁、裱画、乐器、纸扎、裁缝、酿酒、屠宰、餐饮、理发等百十种传统手工艺，构筑着精微又庞杂的市井生活。在解放街八十余条巷子中，最著名的非最东头的筷子巷莫属。筷子巷坐落在乐安河与昌江水交汇处，明初江西大移民从赣南、赣中、赣北齐聚于此，从这里上岸，再到瓦屑坝，分期分批乘舟远走他乡、散落天涯。中国很多地方都有筷子巷，从某种意义上说，这是移民后裔共同的乡愁。

身后传来嘈杂的脚步声，居民行色匆匆，叫嚷着解放街要拆了，得搬家了。他们收拾金银细软，打包衣衫被褥，整理锅碗瓢盆，巷巷弄弄到处弥散着一种离别的气息，空气也变得沉重起来。

转眼黄烟起，解放街轰然倒地、化为灰烬，再不见西洋风格的百年老字号张致和药店了，再难闻郭西庙从唐宋年代永平监造币厂传来的一串串铜钱相碰的金属声了。在街的最西头，突兀仅存有一间老房子，青苔蔓延，朱漆剥落，阶前挪走的光阴随尘埃没入泥土中。一位耄耋老人卷起长袖、撩起长衫，专心致志做水菊子粑。“水菊子花，做粑粑，又好吃，又好拿，清明果，送你我，祖宗见了乐呵呵。”他说，“清明了，要离开祖居地了，其他的留不住，做一顿水菊子粑吃，在舌头上留点念想也是好的。”老人揭开锅盖，夹了一个放到我手里，我吃了，香是香，糯是糯，却再也不是之前在解放街吃到的那个味了。

“一碗汤里喝尽一个时代的味道，一只枇杷也许是一个永远不再来的夏日。”纪录片《舌尖上的中国》里的这句话，让人如鲠在喉却又没有化解之醋。很多东西似乎很容易就在这明媚的春光中被消失，我在惆怅之中醒来。

天地自然赠予了人类各种食材，百姓用民间智慧创造带有地方温情的小吃，仿佛乐府民歌，延续的是文化的血脉，反映的是人与食物的终极宿命，但，我们文化血脉的延续，我们心中关于美好生活的向往，从来不仅仅只在食物中。

解放街上，茶馆里热气腾腾的茶水，柜台边清香袅袅的水菊子粑，喧喧闹闹倾听字正腔圆饶河调的人群，体现的是一种比食物更齐全的世俗美好，毫无遮拦地抒发着一种关乎市井人生也关乎所有乡愁的民间情感。当传统与情感无所归依时我们去哪里安放我们的身心？生命的延续、文明的传承只有自然的道场是远远不够的。

好在，离开时，鄱阳人告诉我，解放街是要重建的。

风吹湖草，希望在心中涌动。

08

岁月里的空心菜

正午。与一老妇人错身而过。我撑着遮阳伞，她连草帽也没戴。老妇人怯怯放下肩上那副担子，取下脖颈间那条已然被汗水湿透的毛巾，擦了擦脸，叫住我："女俚，买把空心菜？"眼神巴巴的。她脖子后头有一块红黑的晒斑，很是扎眼。她拧开土箕里的矿泉水瓶子。看得出来她很渴，但她并没有将水倒进嘴里。她用手掌托着水，均匀仔细地把水洒在一把把整齐码好的空心菜上，咂巴了一下嘴："看，很新鲜。"

细细的茎，嫩嫩的叶，是长在鄱阳湖边菜园里水灵蔬菜的模样。想如今，现代化城市，能拥有一片天然拙朴的菜地多么宝贝。即便是县城的菜，也多半是长在寡淡无趣的大棚里。蔬菜没有了时鲜的标签，四季耕作的诗意似乎就少了许多。关于故乡南山岭的记忆瞬间珍贵起来。

南山岭不是岭，它是我们村的一处大菜园子。约两平方公里的面积中，蕴藏了或大或小几十块菜地。大小菜地边，散落古树若干。古树，一如保家卫国的士兵，虔诚守卫乡土，不知多少年。

大人荷锄劳作，孩子穿梭嬉戏于迷宫般的阡陌，多像翩跹在芳草萋萋间的小蝴蝶。傍晚，远山如黛，我与姑婆坐在院中那棵长满绿意的葡萄架下，撕南瓜藤，摘肥胖甜嫩的花生。那种用柴火、铁锅、茶油翻炒出来，盛在粗瓷碗里的菜味我竟是许久也没吃到过了。姑婆走了，终身未育的她，留下偌大的一群我们，在人间。

一个人在南昌，吃的是食堂，但我还是从老妇人的土箕里买走了两把空心菜。下个月，孩子转入南昌读书，婆婆再不情愿，也要跟着过来。乡村、田事、土地、乡音、邻居、自由的生活方式，是婆婆的南山岭。婆婆终究不得不与它告别。刚到县城那会，除了带孩子，婆婆觉得自己一无是处，闲下来的手脚不知道怎么摆放，仿佛一株突然失去土壤的植物。后来，她不声不响，在角落里开疆辟土，拥有了三处小菜园子。告别的那些东西，似乎在婆婆心里重新扎根。园子，被婆婆照顾得风生水起，四季葳蕤。婆婆觉得踏实，更愿意在县城待了。

每个人的内心都渴望贴近属于自己的天地。婆婆是农民，他日入省城，离开了土地，撇下县城的园子，离她喜欢的农村便越发远了。婆婆的一颗心，在她的长吁短叹里空荡荡地漂，像座孤岛。那份失落与孤独，是再贴心可爱的孩子也慰藉不了的。我心有戚戚，恨不得把老妇人这两土箕菜全部买走。

空心菜，好种又好吃，是慷慨阳光馈赠给人们的一份厚礼，是造物主的仁慈。它不怕热，越热越葱绿，越热越茂盛，掐了又长，长了又掐，像长在大地的聚宝盆里。叶滑爽，梗清脆，各得其味。它富含木质素、果胶和纤维素等，有很强的解暑行水、清热解毒、凉血止血、润肠通便等功效，被《南方草本状》誉为奇蔬。据说它还是鼎鼎大名的断肠草的克星，只要旁边种上空心菜，断肠草便会死去。有书曰“魏武帝啖野葛（钩吻，即断肠草）至一尺，先食蕹菜也”，似乎是个佐证。空心菜当真救过曹操的命？我无从考证，但婆婆曾经用空心菜煮汤，止过我孩子汹涌而流的鼻血却是真的。断肠草，空心菜，名字十足一对。有心之人才会肠断。心空了的人，自然也就不拿断肠当一回事了。

我的母亲虽不擅长厨艺，但她做的空心菜却是极好吃的，嫩时，连梗带叶，快火猛炒，满盘翠绿，入喉清润；待粗壮些，只取茎，也不用刀，只用手指匀称剥开为长约一寸的条状。三两只青辣椒亦切条状。铁锅烧热，木子油倒二两，盐适量，快见着白烟了，一抬手，条状的全下了锅，也不着急翻，待菜转莹绿，再用铲子迅速翻炒，沁少许清水，加醋两勺，待“滋滋”声响，盛起装盘，酸爽啊，开胃得不得了。辣炒带壳田螺时，一定往里头加几把空心菜梗，那滋味，我念念不忘。

如此人间美味，父亲却不买账。对此，母亲直到现在还颇耿耿于怀。闲来聊天，母亲常肢体夸张、表情丰富地向我描绘父亲刚结婚时的“鬼样子”：每见餐桌上有空心菜，他那个脸啊，拉得好长，喏，就这样，方脸都快成马脸了。鼓鼓的闷气，将脸上那些粉刺涨得通红，要多难看有多难看。他用力将一瓶啤酒起开，杯子倒满。再将瓶子狠狠往桌上一顿，长久沉默，不动筷子。倒是吃呀，一催，他脖子一仰，将啤酒倒进嘴里，椅子往后一推。饱了。走了。才懒得搭理他。偏每天里要弄一碗空心菜……后来，母亲才明白，父亲恼的不是她本来炒得极好的空心菜，而是与空心菜有关的岁月。

父亲六岁不到，他的母亲就病殁了。他的父亲长年在外唱戏，亲情寡淡。父母之爱于父亲从来都只是一个模糊影子，他甚至连母亲长什么样的记忆都没有。父亲很快有了继母。继母是偏心的，只对自己的亲生儿子好。是父亲的姑姑、我的姑婆收留了他。奈何年轻时的姑婆心比天高、命如纸薄。不能生育的她婚姻多舛，受尽世间白眼薄凉。那些年，他们没有土地，没有房子，没有可供乘凉的身后大树，父亲跟着守寡的姑婆艰难漂泊，靠姑婆沿街卖煎饼果子和出售手工刺绣物品维持日常用度。

生活的苦不算苦，最使姑婆和父亲屈辱的是，总有些牙尖嘴利、逞强好胜的乡野妇人，一口一声“空心菜”“小空心菜”地叫他们。想来，粗鄙妇人也没那么多文化，唤人空心的缘由，大概是指姑婆膝下无子和父亲背井离乡、寄人篱下吧。无子无根、无家无业，空心行世，当真毒舌、当真刻薄。姑婆从此对空心菜敏感，也不让父亲吃。最苦的时候，有好心邻居相赠一把空心菜，依然被姑婆一脸平静地拒绝。她情愿就着一点剁辣椒、萝卜干，将清可照影的红薯粥、萝卜粥喝完，聊以果腹。

姑婆有回听戏，唱的是《封神演义》。妲己祸国，让纣王挖比干的心救她。挖心后比干有姜子牙送的神符护着元气，并没有死。快到家的时候，忽然听到有老妇人大喊：“卖无心菜，卖无心菜！”比干停住回问：“人若是无心如何？”老妇人笑道：“菜无心可活，人无心即死。”比干大叫一声血如泉涌，倒地身亡。姑婆觉得这戏中无心菜就是空心菜。空心菜的确是无根可活的。一截被掐断的苗栽进土里，不几天，便风姿绰约。几千年了，它一直空着心，从田垄上走过，向着岁月的方向，昂起头。姑婆突然觉得空心菜一样的人，也可以努力活得更好。

玲珑心，自立、能干，一个林站男人晓得姑婆所有的好，娶她进门，疼了后半辈子。姑婆说服姑公，带着父亲回白沙老家。父亲问姑婆，现在生活好好的，为什么要回老家？姑婆说，因为白沙有千年的祖宗、不变的血脉，回去，才有根。大队给父亲分了田土。姑婆有了属于她的南山岭。她在南山岭的菜园里种了许多菜，当中居然就有空心菜。我记得姑婆侍弄空心菜时的样子，心绪平和，目光慈爱。父亲在宗族祠堂里拜堂成亲、给孩子上谱……一个家慢慢枝繁叶茂起来。

1980 年代，父母在外县上班，住在厂里职工宿舍，一间十二三平方米的小屋子。厂子离县城中心七八里远，食堂吃着又贵，母亲便在厂子仓库后头开了一菜园。空心菜无须太多精力照顾，又能一茬茬地长，顺理成章成了母亲菜园的主角。父亲反对生火做饭，母亲不和他争，只淡淡地说："反正我始终记得乡人的数落'你二生（父亲的小名）要不是傍你姑姑，一辈子怕是连个猪栏的瓦都置不齐'。挣钱只落个肚中吃喝是不行的。男人，不置下自己的家业，怎么立命安身？"母亲去了菜园。父亲无话。融入一个城市，需要归属感。安居、乐业，缺一不可。生命力强大的空心菜，父亲一吃就是好几个夏天。

夏天有暑假，我和弟弟们欢天喜地，围在父母身旁。那间小屋子，被一家五口挤得无比热闹。一早一晚，我跟着母亲去菜园，掐空心菜。父母上班后，我一个人拎着小桶子，举着小脸盆，在水龙头下，一遍遍将空心菜清洗干净。沾着水的空心菜躺在白色搪瓷盆里，那模样儿好看极了。少年不知愁滋味。空心菜多好吃呀。跟父母待在一起的孩子，越吃越欢喜。每天吃，也不腻。那个时候，父亲也是平静欢喜的。他时常对着母亲一脸温润的笑。吃着吃着，忍不住总腾出一只手来，摸摸我们的小脑袋瓜子。

一场车祸将父亲对空心菜的隐忍暴露无遗。也是夏天，父亲去县上挑房子，挑中了，心情好，摩托车便开得较往常快了些。风中塞满的都是父亲买房的喜悦。谁知，一辆货车冷不丁从路边斜插过来。瞬间摩托车被撞飞，父亲甩出约十米远，多处骨折。父亲被送往医院急救。医生说，好在是戴了头盔，当然，也是命大。医生准许父亲不再吃流食的那天，母亲特意熬了半只猪蹄子，让父亲补补钙。母亲说，那一天，父亲的吃相将她吓坏了。转眼一锅子猪蹄子见了底，一滴浓汤都不剩。一连几天，父亲拒绝母亲带来的空心菜，只狼吞虎咽将所有大荤剿灭一空。母亲惴惴难安。她一遍遍压低嗓音跑去问主治医生："我老公不要紧吧？他这样吃不会有事吧？那种吃相太骇人了。"母亲担心大快朵颐的背后，是否意味着某种不可言喻的决绝。母亲背着父亲哭。其实母亲忽略了重要的一点，父亲好久没这么隆重地吃过纯粹的荤了。病中的父亲，理直气壮地狠狠地解了一次馋。

窗外蝉鸣在母亲的哭声里此起彼伏。一转眼，便叫了几十年。海角天涯，心安即吾乡。这株曾被乡人唤作"小空心菜"的男人，大难不死，慢慢置下了属于自己的家业。家业是父亲的南山岭。

我将伞微微倾向老妇人，世界似乎凉快了些。

老妇人谢过我，挑着菜转身向前走。我盯着她的背影出神。

每个人的心中都有一个南山岭一样的地方。江河、田园、天空，水、土、阳光，怕是全在每个人肩上的担子里挑着。一担挑尽万古愁。总归会有一天，藏在担子里的那些个家常事物，能将生命慰藉、照亮。

▲ 鹤动鄱阳（纪伟涛　摄影）

09

观鹤记

我认识鹤很晚。去年 11 月见到它之前，它已经在鄱阳湖寒来暑往不知多少年了。

我知道鹤却很早，仿佛它从来就亭亭而立在我生命的源头。

我的姑婆，喜欢绣花，绣功了得，我许许多多的小衬衫、小裙子，一经她手，便开出一个又一个繁花似锦的春天来。普普通通的布鞋因为多了一只可爱的小虎头或一双机灵的兔耳朵，童年在奔跑中便有了无限生机。

我最喜欢的还是姑婆手绣的被套。姑婆用多彩丝线在被套正面的中心位置绣出五彩祥云，让云托举一轮饱满的红日，一只美丽的鸟，身披白羽，长长的喙衔着云，秀逸的腿踏着浪……那种灵动又端庄的美感令我深深着迷，每个夜晚，早早钻进那样的被子里睡觉是欢喜的，每个黎明，长久用目光摩挲那样的图案是欢喜的。姑婆也欢喜我的呆样，告诉我白鸟名鹤，是神仙的坐骑，也是罗家的“送子观音”。

原来，我在母亲子宫安营扎寨的时候，母亲曾连续几晚做同一个梦：发大水，什么都冲垮了，母亲在湍流中打着旋，像一片卷入风暴的叶子；父亲逆水而上去救母亲，浊浪劈头盖脸打过来，父亲很快成了另一片绝望的叶子。恐惧充塞心灵。一只仙鹤驮着一个小女孩从天而降，女孩一伸手，叶子般无助的父亲母亲像得了轻功般，飞身鹤背。鹤鸣高远。鹤将三人载至罗家大屋门前的晒谷场上后，抖抖湿漉的翅膀，隐于天地。

印象中，老屋有许多鹤的图像。形象各异的鹤，刻在大门镂空的门楣上，画在厅堂厢案的板面上，烧制在青花瓷的器壁上，悬挂在里屋墙的卷轴上。一幅叫《六合同春》的画，我仔细瞧了好久，只看到鹤、鹿和仙草，十分不懂六合又藏在哪？姑婆摸摸我的头："老祖宗的说法，鹿为瑞兽，音通六；鹤是仙禽，音喻合；天地与东南西北称六合。鹿鹤呈祥，六合同春，万物欣欣向荣。"

好一个万物欣欣向荣。小小的心思，对鹤愈发喜欢得紧了。画上的，布上的，瓷上的，木上的，所有老屋那些鹤，没有分别，都来自遥远天界，是具有神性的古老意象。

真正意识到鹤的动物性，源于一次艺术家个展。

去年 11 月初，我在上海民生现代美术馆看了一场名为"天人之际"的艺术家个展，作品以雕塑为主。艺术家在布展中利用声光电等现代技术，凸显雾霾等日趋严峻的环境危机，试图借助云、鹤、鹿、花等形象，游走天、人、古、今，引导观者重新思考人与其他动植物之间的关系，饱含深沉的人文价值与生命关怀。其中,"家园"系列之《栖》与《凝》,主要作品就是"鹤"与"鹿"的形象。当通体洁白的鹤展翅、欲挣脱恶劣环境而凌空的时候，这种生灵的精神性与动物性瞬间连通，我被那种张力震撼得几近失语，眼里溢满了鹤之“凝眸”里所蕴含的悲情与酸楚。

回到家，我如饥似渴翻阅起鹤的资料来。

人类历史只有几百万年的记录，而鹤竟然在地球上生存了4000万年。鹤，行必依洲渚，身体经常洗涤，相当洁净；鹤栖于陆，高脚疏节故有力，擅奔跑；鹤足有四趾，三趾前，一趾后，后趾小而不能触及地面，故鹤不能栖于树；轻前重后则善舞，鹤舞是亘古少见的美景；鹤翔于云，毛丰而肉疏；鹤鸣，高远豁亮，婉转悠扬；鹤大喉以吐，修颈以纳新，站而眠，宛如大师打坐运气吸天地精华；鹤嘴是武器，眼神精准，看准了，水里的鱼蚌均可一嘴制服；鹤没有天敌，鹰、鸠等都从不找鹤的麻烦……

在古人眼里，水中长寿者龟，陆上长寿者鹿，空中长寿者鹏，而鹤在水、陆、空逐行而不知寿。想我们人类，该是陆地上最具智慧的高级动物，却不能水、不能空且无法长寿，对通行水陆空三界的鹤很是崇拜，鹤以鸟中仙子之名活在各种神话故事里，再自然不过。

其实，鹤是不能寿千年的。一只鹤的寿命约六七十年光景，实在活不过人。更令人心痛的是，随着环境污染，湿地被破坏，加上人类猎杀，鹤类越来越少。有一度，国际鹤类基金会曾经宣布，世界上的白鹤仅剩200多只，濒于灭绝。世人为白鹤的命运所担忧，是鄱阳湖传来了振奋人心的好消息：1983年，研究人员在鄱阳湖畔发现白鹤400多只；1984年这个数字增加到800多只。

人们将信将疑，纷纷到鄱阳湖来实地考察。当年大湖池边，那一只只长着粉红色长腿的白鹤，在阳光下多像是一棵棵顶着洁白树冠的小红树。小红树密集组成一条奇特的“鹤林”，俨然中国的“第二座长城”。多少人为这罕有的“鹤林”，手舞足蹈，热泪盈眶。

鄱阳湖是中国最大的淡水湖，位于江西省北部，上吞五水，下接长江。数千年光阴，波动日月，经历了从无到有、由小到大的沧桑巨变。它随季节而变。“洪水一片”的夏天，湖面 3960 平方公里，是泱泱大湖气象；冬季“枯水一线”，湖面只有 500 平方公里，犹如一条平平仄仄的缱绻河流。

大自然的巧妙安排实在是让人叹为观止。冬季的鄱阳湖，水落滩出，形成大片大片的湖滩草洲和星罗棋布的浅水湖沼。草洲花草茎叶飘香，湖沼鱼虾螺蚌丰富，良好的环境和充足的食物像巨大的磁石，吸引众多的候鸟来这里越冬。鄱阳鸟，知多少？飞时遮蔽云和月，落时不见湖边草。湖区内有七个自然保护区，区内鸟类已达 300 多种，近百万只，其中国家重点保护珍禽有 50 多种。

如果你运气足够好，在鄱阳湖能看到除黑颈鹤和赤颈鹤外中国所有的鹤类（黑颈鹤是高原鹤类，赤颈鹤主要生活在南亚和东南亚）。当然，丹顶鹤主要在沿海几个湿地越冬，沙丘鹤通常在北美，蓑羽鹤在北方和藏西南间迁徙，它们偶尔糊里糊涂才会成为鄱阳湖的迷鸟，所以冬季鄱阳湖最常见的鹤是：灰鹤、白鹤、白头鹤和白枕鹤。

灰鹤是四种鹤里数量最多、个头最小的，繁殖地横贯欧亚大陆。因为一身灰衣近黑色，古人称之为“玄鹤”。司马迁在《史记·乐书》中记载：“师旷援琴时，有玄鹤二八，集乎廊门。”可见在西汉，灰鹤还是很常见的。灰鹤，头顶裸出鲜红色皮肤，眼后至颈侧有一白色纵带，脚黑色，其余体羽皆灰。

最喜欢雨中观灰鹤。雨一直下，灰鹤有一颗安静的心，它们将翅膀拢得很齐整，远远看去，身体像一株株挺拔淡雅的竹，而拢着的羽尖是缀于竹上的无数“墨点”，端端一幅浑然天成的国画：《雨打墨竹》。

“修女鹤”是白头鹤的别称。这种繁衍于西伯利亚及中国东北的鹤，体型娇小，性情温雅，胆小又机警，眼睛前面和额部密布黑色的刚毛，灰衣素裳，头颈雪白，看上去像戴白头巾露出脸颊的修女。

初学观鸟的人，很容易将白枕鹤与白头鹤混淆。其实两者长

▲ 白鹤（卢斌　摄影）

相差别还是挺大的。白枕鹤又称“红面鹤”。“红面”一词很形象，因为它脸部呈鲜红色。头顶至颈部灰白两色块夹陈，泾渭分明，其他部分接近灰蓝色，尾羽末端具有宽阔的黑色横斑。

三国吴陆玑在《毛诗陆疏广要》中这样描述白枕鹤:“苍色者，今人谓之赤颊。”苍色，近乎灰蓝色；赤颊就是红脸颊。白枕鹤是非常机警的鹤类，与人类的安全距离都保持在 300 米以上。古人没有望远镜，却能清楚描述它的典型特征，想必那时的鹤是极多的。

有意思的是，在鄱阳湖，白头鹤与白枕鹤总喜欢混居在一起，这简直就是有意为难想好好分辨它们的人类。

最受世人瞩目的是白鹤。白鹤对浅水湿地的依恋性很强，是对栖息地要求最特化的鹤类。它有棕黄色长刀状的喙，头、颈和身体的整个轮廓有着最柔和的曲线美，通体羽毛白色，只有翅的前端是黑色，宛如飘飘白衣上镶了一圈黑边，故又称“黑袖鹤”。

了解了白鹤的特点，再去看一些国画，便也能说道一二了。很想提醒画家们，白鹤的黑羽并不是长在屁股上。事实上，静态的白鹤，羽翼收拢齐是通体洁白的，只有在飞翔时，白鹤双翅展开，才会亮出那一圈儿“黑边”。

“玄鹤”“修女鹤”“红面鹤”“黑袖鹤”，鹤的别称真是一语中的，仿佛水平一流的漫画师寥寥几笔便已画出人物的最传神处。

中国美学自先秦始即重视以物比德，长颈、颀身、顶赤、身白，白鹤最有自由气象和文士追求，在中国人的精神世界里，它是君子，给人高洁隐逸之感。灵台的白鸟翯翯，林逋的梅妻鹤子，苏东坡的放鹤亭，善良风雅的中国人爱鹤、咏鹤、护鹤，如敬神物。

群鹤飞起，镶着黑袖的翅膀缓缓鼓动，仿佛浮在云水之间的一串串珍珠，璀璨光华。“咯噜噜，咯噜噜”，“鹤鸣九皋，声闻于天”。这叫声，铁血丹心，黑白分明，如玉铮铮，是文天祥在伶仃洋的掷笔，是颜真卿在龙兴寺的怒斥。

在鄱阳湖越冬的白鹤被称为东部种群，人们在西伯利亚东北部的苔原上找到了它们的繁殖地，那里地广人稀，人类干扰少。雄鹤在交配期，会到处起舞寻找对象，而雌鹤一旦心仪，也会含情脉脉以袅娜的舞姿去呼应。白鹤实行“单配制”，对感情忠贞不渝，一雌一雄一旦结合终身相守。配对后的白鹤在沼泽的小岛或露出水面的土丘上营巢，用干燥的枯草或芦苇堆成盘状大巢。6 月到 8 月是白鹤的繁殖期。雌鹤产卵两枚，卵为橄榄色。经过一个月左右的孵化，雏鸟出世，属早成鸟。

小白鹤学会飞翔要 85 天。在这期间，体弱的容易受伤，迟缓的觅不到食，而接下来的迁徙需要消耗大量能量，可能遭遇各种恶劣天气及意外状况，所以自然界优胜劣汰的法则在白鹤幼鸟的世界同样适用。不茁壮、不敏捷的小白鹤注定参加不了大迁徙。参加不了迁徙也就意味着熬不过寒冷的冬天，所以，尽管白鹤每次繁殖时产两枚卵，但最终最多只能养活一只幼鸟。

白鹤幼鸟与成鸟，在外表上很容易区分：所有幼鸟的体羽都是淡淡的咖啡黄色。唐朝诗人崔颢在《黄鹤楼》里写道：“黄鹤一去不复返，白云千载空悠悠。”其实世界上并没有“黄鹤”，诗人所看到的，可能正是一只年幼的白鹤。

9 月初，这些分散的白鹤会聚集起来，开始准备向南迁飞。它们以家庭或小家族组成阵型，幼鹤和缺乏经验的“青少年”跟随经验丰富的成鹤。与人们长途自驾时需要加油站和服务区一样，迁飞路上的停歇点对白鹤至关重要。位于松嫩平原上的吉林莫莫格保护区是白鹤最主要的停歇站之一，白鹤们大约在 10 月初飞抵这里，补给休整一个月甚至更长的时间后再继续上路。最终经过 5000 公里的旅行，98% 以上的白鹤会在 11 月中旬前后抵达鄱阳湖。抵达后的白鹤分成小群活动，主要在大湖池等浅水处觅食，在蚌湖等地集群过夜。

第一次去鄱阳湖看鹤的那天，我起了个大早。天地寂静。街灯，正将光亮过渡给黎明。车子依次经过云海路、观洲街、云锦路、老洲街、云飞路……云海、云锦、云飞，水上生起的美好事物，读来诗意满天。

冬季水枯。那条著名的吴城水上公路就这样沿着芦苇荡直愣愣地铺陈前方。没有风，数以万计的候鸟用她们美丽的翅膀召唤芦苇，整个湿地瞬间荡漾起金色的浪波。大片大片的浅滩草泽绵延，穷尽目力，依然望不到边，让人想起西北草原的广袤来。但西北草原的地是干的，草又枯疏，鄱阳湖湿地草原有水、有红蓼绿草和无数候鸟，充满勃勃生机，远比西北草原有灵气。

阳光温柔轻盈，湿地辽阔明亮，看，鹤儿们又憩成林，长羽临风，长喙含云，长跖踏浪。三只白鹤结伴，大着胆儿向人群飞来。人群向它们招手，它们迅速离开。边飞边鸣，发出“咪——咪——”的柔和声响。升高两三百米后，回转到逆风的方向徐徐滑翔至湿地中央鸟群所在的地方。

它们的着地很是耐人寻味：当中一只鸟先降，双腿下垂，稍向前，头颈下探，双翼扇动向前急跑两三步，然后收拢展开的翅膀，稍事观望才落地；接着，另一只抬头掀翅与之互相鸣叫数声，似乎是获得“安全”的信息后再降落；体积最小的一只最后降落，地点在两只鸟中间。之后，它们仨开始低头用长喙掘泥觅食。

前为雄中为雌后为幼，这是属于白鹤的一家子。雄鸟保护雌鸟，雌鸟庇佑幼鸟，当中的脉脉温情和人类多么相似。

白鹤有个奇怪而可笑的习惯：凶猛打架之后，它们会扬天鸣叫，每次都是这个样子，所以捕捉到它们的行踪难度不大。而能使优雅的白鹤凶猛打架的原因，通常都是因为争食。争食时的白鹤，像有着绝世武功的侠客，杀气深藏不露，剑锋寒光闪闪。那瞬间的亮翅，那准确的一啄，颇给人“古巷秋风过后，千片木叶飘落”的画面感。

大多数时候，白鹤是不争食的。它们享受食物，吃东西的样子宛如顽皮的孩童。一嘴巴扎下去，掘起长约一寸的草茎或根茎，将茎半丢至空中，昂起头用嘴巴神气接住，再吃它个不亦乐乎。

鄱阳县一位追踪白鹤五年之久的摄影师告诉我，近几年，鄱阳湖水位持续偏低，苦荞生长不好，导致至少1500只白鹤的食物链发生了变化。从这个冬天开始，生性谨慎的白鹤越来越多地进入收割过的稻田和藕塘觅食，吃稻穗或藕根。

说真的，水边的白鹤和田里的白鹤，完全不像同一种生物。在田里觅食的时候，它们土了吧唧灰扑扑的，实在不美。乍一看，也就是鸭子堆里的一只大鸟而已。好在，为了鄱阳湖这一湖清水，人类始终孜孜不倦地努力着，生态文明已写入《宪法》，流域综合治理已上升至国家战略。来鄱阳湖越冬的候鸟越来越多，白鹤数量逐年增加便是最好的证明。要知道，候鸟从来不是湿地的“常住居民”，会不断为自己选择环境良好、安全无忧的栖息地。

白鹤群很敏感，每次集群活动的时候，总有几只鹤，是瞭望站岗的守护者。人稍微接近或者发出一点动静，那些负责站岗的鹤就会竖起脖子，警觉地开始叫唤。一个摄影师如果拍的是鹤屁股的照片，多半是成功惊扰到它们了。这时候，越来越多的鹤从地里抬起头，把屁股对准危险区域，准备撤离。两只白鹤在亮翅起飞前，会平静地对望一眼，头颈向前微倾，给对方一个默契的眼神。小天鹅起飞前也有这样的默契，但不同的是，肥胖的天鹅起飞前，助跑动静实在太大，大脚丫噼里啪啦溅出一身泥水，远没有白鹤起飞优雅。

白鹤飞行时，颈、脚伸直但位于身体水平线下方，鼓翼缓慢。降落时，两脚伸直，滑翔到地面，奔跑几步后停住。我们的飞机起飞也需要助跑、降落也需要滑行，这些方面，鸟儿是我们最好的老师。

2 月下旬到 3 月初，气温达 10 摄氏度以上时，白鹤逐渐集成大群北返。它们排着一字形或人字形队伍飞行，在经过的某些湿地歇脚，经过休息和补充食物后，又继续上路。谁也不知道它们究竟是依赖何种天赋，在每年的迁徙的过程中如有雷达般精准无误地从繁殖地到越冬地，从越冬地再回到繁殖地。

鹤是美好的，既通灵高贵又具有文人士大夫的气质，最能代表东方文化精神。在它们身上，白色是一张如雪的宣纸，黑色是浓得发亮的墨汁，红色是朱砂红印。当鹤在鄱阳湖翩翩起舞，中国有了水墨交融的万千诗意。愿鹤在鄱阳湖生生不息。

10

湖鸟录

水雉

我敢说这是我有生以来，所见到的最好看的一种鸟了。羽色鲜亮，体态优雅，四枚尾羽长到老长后再微微向下弯曲，乍看好像是雉鸡的漂亮亲戚。

它不像别的水鸟那样遮遮掩掩，它一直都在相对空旷的浮水植物上走动，并经常将长尾巴翘起来，展示自己的美。看到我，它丝毫不怵，小细腿灵敏地往后跳几步，还俏皮地侧一侧头，才“噗啦”飞走。那小绿嘴上叼着的小零食也不知是独吞了还是拿去表白讨好了。

因为贪恋这别号“水凤凰”的水雉的美，我常跟着朋友去鄱阳湖寻访。有点出乎意料的是，看上去温婉的它，居然那么强势。为了争抢地盘，一抵鄱阳湖，雄性们便开始打斗。分辨水雉雌雄，不看长相看个头。一样的长相，雄鸟个头小，差不多刚及雌鸟的一半。

它们翻滚打、凌空打、压在水里打，从水面打到天空，又从空中压入水里，不断发出尖锐而短促的“咕咕”叫声。打到最后，相互“叠罗汉”,更厉害的一方将另一方死死压在水里长达五分钟，直到对方求饶才松开。当一只落荒而逃的时候，获胜方的眼里全是王之蔑视。

赶走外敌的雄水雉在雌水雉面前，却全无霸气。它们每分每秒都围着雌鸟转，变着法地讨好。逮着雌鸟心情好，才敢小心翼翼讨个欢。求欢的雄鸟，长久地翘起屁股，发出母鸡似的“咯咯咯”叫声。而傲娇的雌鸟全然不心疼雄鸟屁股翘得会不会酸，它们很缓慢、很缓慢地走到雄鸟身边，边走边吃，三五分钟后，才飞身上去，咬着雄鸟羽冠满足它的需求。交配的时间，真叫一个短，但雄鸟已经很满足啦，它们立马飞去觅食，让雌鸟在原地休息。谁让水雉是母系社会、是一妻多夫制呢，选择权完全掌握在雌鸟手里。

雌鸟不停跟不同的雄鸟勾搭；它们只负责生蛋，一季十窝，每窝约四个，茶叶蛋的颜色，鸽子蛋的大小。孵化、教养、保护，全部是雄鸟的事。这些事消耗能量，雄鸟变得消瘦又难看，像毛发严重掉色的麻鸡，但雄鸟没有丝毫伤心，它们尽心尽力呵护着自己的子嗣。

心疼爸爸过得辛苦，当爸爸外出觅食时，有些先出生的小水雉会像模像样趴在蛋上去帮忙孵化，使人心生慰藉。生活再苦，甜蜜总还是有的。这样想着，日子就好过多了。

须浮鸥

余干县，有一片鄱阳湖水域布满芡实和野菱，鱼虾十分丰富，四周的芦苇丛隐蔽性很好，是须浮鸥的理想驻地。它们将几十上百个巢筑在芡实叶子上，像大部队营地。芡实叶子，像一块又一块绿翡翠，无比剔透晶莹。

腹部深色，尾羽叉分，玲珑饱满，秾纤合度。观察须浮鸥一段时间后，我特别想送它一个绰号：飞不死。它们似乎每时每刻都在飞。飞时，埋着头，不回顾，不悲哀，很像是一个永不知疲倦的生命在现实和理想之间奔走。只一人多高的飞行高度，给我一种只要站起来、伸手就能将它们捉住的错觉。但确实只是错觉，须浮鸥的飞行速度太快了，像虹似的一眨眼就消失了。

须浮鸥连相亲都是边飞边进行。相中后，一只立在叶子上，仰天叫。“嘎嘎嘎”“嘎嘎嘎”，充满热情的渴望。倘另一只也有意，便会停落在它对面，开始像跳探戈一样地彼此交错着头和身子摆动。跳默契了，雄鸟会不停给雌鸟送食物。送来的食物，看得上，雌鸟就开开心心吃；看不上，接过来就往一旁扔。有时，这种不接受的动作会持续五六分钟，雄鸟都要愁死了。

须浮鸥产蛋不多，一年四五枚，怀孕的概率就很小，所以护巢行为尤其强烈：人靠近，冲向人，发出尖锐叫声并在人身上拉屎；要是遇到伯劳等天敌来犯，彪悍发起攻击，打不赢也要打，打得赢更要打。

护犊情深的须浮鸥，却又热衷于伤害自家兄弟的孩子。只要成鸟不在家，它们会毫不手软地攻击邻居留守在“家”的幼鸟：啄它，溺死它，死了不算还反复从高空将之抛下。所以，当成鸟都出去觅食的时候，有许多聪明的幼鸟趴在巢里一动不动，装死，待成鸟回家一叫，它会立马抬头，张开嘴，接收食物。

▲ 水雉（卢斌　摄影）

▲ 须浮鸥（卢斌　摄影）

▲ 凤头䴙䴘（卢斌　摄影）

▲ 棉凫（卢斌　摄影）

一方面幼鸟成长非常快，每天需要大量食物，一方面又得戒备邻居下黑手，因此成鸟抚养非常辛苦，几乎每十分就要回转一趟。为争取时间，它们练就了一套高超的喂食技巧，即像直升机一样悬停在空中，将食物投进幼鸟嘴中。

自然法则是残酷的，活下去都需要智慧。

凤头鸊鷉

在鄱阳珠湖，看到一种鸟：脖长腿短的，个头跟鸭子差不多；嘴长而尖，黑眼线描得很夸张，几乎一路从眼睛画到了嘴角；头顶，有一撮浓密细长的三角黑羽，头两侧经耳区到喉部，又有一圈棕栗色的环形颈羽，很别致。

这家伙，对自己的游泳技术显然自信得很，你看它一直在水里浪着，一会把头部朝下，没入水中，来一个漂亮的前滚翻；一会又一个猛子扎下去，来一段高速潜泳，之后，在远远的地方探出头来骄傲亮相。它是听到了我内心的尖叫与惊叹吗？居然把脸朝向我，将脖子刻意伸长，挺着小胸脯垂直立在水面上。此刻，它舒展的颈羽与冠羽，合生成一个色彩斑斓的心形羽扇，像孔雀开着的屏，又像是一张长满了络腮胡的清瘦人脸，细一打量，颇有几分美国老总统林肯在湖面巡视的神韵呢。

正要拍个视频向懂鸟的朋友了解下它的路数，一只“同款”鸟闯入镜头。它们在开阔的水面对立，展冠静默的样子，使四野弥漫着一股山雨欲来风满楼的腾腾杀气。它们昂首挺胸，深吸一口气，相向而冲。胸膛顶着胸膛，头部各自甩动，前俯后仰，左旋右转，一会在水面纠缠，一会在水下绕动。一只在水面张开翅膀跳，另一只在水下围着它快速地转，然后突然整个冲向空中……当真是“羽扇纶巾，谈笑间，樯橹灰飞烟灭”。因为甩头的韵律太美，这场江湖厮杀，更像是一场顶尖的芭蕾舞表演。

这段视频令经常在湖边忍饥挨饿、守株待“鸟”的朋友羡慕得要死：“居然看到小凤儿的水上芭蕾，这难得的好运。”原来，是凤头鸊鷉呀！为了拍它，他曾特意买了一套潜水服，说是从头到脚套进去、穿上不会湿身。但是，那是骗人的，看到小凤儿时，他一激动，水就从颈子里钻进去，然后，湿透了。

朋友告诉我，小凤儿特别爱甩头。

求偶，甩头吧。扎堆族群，你看我来，我看你，对上眼了，抖擞“羽扇子”，开始甩头。你左我右，你前我后，甩到同频共振，手牵手离群，肩挨肩找地方过小日子去。爱巢是建在水上的浮巢，能随水位上涨而漂起；搭窝的草叶，不仅不渗水，发酵时还会产生热量帮助鸟蛋孵化，使得孵化过程变得轻松。一些贪玩的凤头鸊鷉常在孵化期丢下鸟蛋不管，偷着乐一阵子。

示爱，甩头吧。凤头鸊鷉有一种很高调、很别致的示爱方法，叫踏浪。两鸟四脚，面对面快速游动，不停踏浪，踏着踏着，脱离水面，悬停，交错甩头，发出亲昵的嘎嘎声。能持续几十秒的都是高手中的高手，因为踏浪实在太需要力气了。

搭窝，甩头吧。同时下水，同时叼起草叶，搭一下，甩一下。有时，能天长地久；有时，搭着搭着，一只的头下水，另一只却跑了，跑就跑吧，还立马去跟别的小凤儿甩头，简直太狠了；有时呢，半路会有程咬金杀出来抢地盘。

凤头鸊鷉是一种领地意识很强的夏候鸟，朋友说，刚才我看到的场面估计就是为抢地盘打起来的。

很难想象那些拿鲜血甚至生命换来的巢，在小鹡鹛出生后，它们可以说不要就不要。它们把小鹡鹛驮在背上，四处游走。哪里有食物就去哪里，一时半会找不到食物，雌鸟就把自己身上的羽毛用嘴揪下来喂给小鹡鹛吃，直到幼鸟独立。也许只有不羁的灵魂才配得拥有无拘无束的生活吧。

棉凫

来鄱阳湖度夏的鸭科鸟类当中，名头最响的当属中华秋沙鸭，人们情感认知更深的应是鸳鸯，与生活联系紧密的是野鸭，可我最想拎出来写的却是棉凫。

理由有二。其一，是名字。棉，轻柔之物，轻盈又温暖；凫，一看便有鸭泅水的野性和生趣，再联想“枭”的勇猛强悍。这一阴一阳、亦柔亦刚的两个字，让“棉凫”散发无穷魅力。其二，是长相。圆圆的白脑袋，嵌两颗红眼睛，镶一圈黑色颈圈，墨绿色（雄性）或焦糖色（雌性）的翅膀在阳光下闪着金属亮光，气质当真不俗。

重约四两，长不足一尺的棉凫，是鸭科中最小的水鸟。它们跳散轻盈，细瘦而不干瘪，多看几眼，似乎就能走进宋代画家们那“夺造化而移精神”的工笔画中。

棉凫大多分布在印度、中国南部、东南亚和澳大利亚部分地区，一般都不会迁徙。只是这些年，许多地方的湖泊、湿地不同程度受到损坏，对环境要求特别高的小家伙们不得不重新寻找住地。它们将目的地锁定为生态越来越好的鄱阳湖。阿乙在《鸟，看见我了》中说：据说，鸟从来不迷路，它们善于利用太阳、星辰等现成的伟大事物随时帮助自己确定方向。在这一点上，能心无旁骛探索到最适合自己的生存环境的鸟，比人智慧。人，常常会被一些很轻浅很庸俗的东西困扰，看不远也看不破，所以常常迷路。

太阳从远处的地平线露出一个顶儿，一只雄棉凫抖掉身上的水珠，便开始不停发出欢快的叫声。这叫声，听上去很像是一个男孩子在“咯咯咯”地笑。一只雌棉凫被笑声吸引，嘴里发出“嘀嘀，嘀嘀”的声音，很像是恋爱中的女孩在向男朋友撒娇。它们边叫边靠近，靠得很近，张开翅膀拥抱在了一起。

忽然，天空飘来“一片云”。好家伙，一色儿全是披着墨绿色风衣的雄棉凫。这片“云”四散在这两只棉凫身边，这两只棉凫仿佛四面楚歌，困在中央，很快松开拥抱，头开始急速地上下点，相互会意后迅速飞离鸟群。它们是赶着去筑巢蜜月吗？当然不是，它们是在逃难避险。

基因使然，棉凫中，从来都是雄性多、雌性少，加上它们执行严格一夫一妻制，你想，那么多光棍，怎么甘心别人带美娇娘走？“干掉它，我就是新郎。”江湖追杀令发出了。

一直追，一直飞，为爱，穷尽一生所有。天那么蓝，阳光那么灿烂，带着心爱的，去哪里都可以。

在困顿中浪漫，在缺憾中赞美，生命始终不止息地飞翔流动，难怪会有那么多人渴望变成一只能飞的鸟。

11

断鸿声里

那是洪武初年的一天。拂晓微亮。饶州府往西二十余里公德乡的瓦屑坝渡口，人影幢幢。

宋元以后，随着政治、经济重心的南移，江西曾一度跃为全国首富地区，人口数量也是首屈一指。饶州府濒临鄱阳湖，北望长江，南接乐安，昌江、信江于此地入鄱阳湖，人于渡口乘舟，顺长江而下，可到安徽各府县；溯江而上，可达湖广、四川各府县，商贸往来频繁，经济十分发达。

在我看来，瓦屑坝简直就是上苍对饶州的恩赐。古人曰："聚之使不散，行之使有止，故谓之风水。风水之法，得水为上，藏风次之。"这里，三面水，一面山，水流入之地水口开敞，流出处水口封闭，正是水随山而行、山界水而止、又源水朝抱有情之风水上佳之地。汪家、何家等大户豪门云集于瓦屑坝，叶茂根深，自有道理；假如时光倒流至西汉，这里曾是一个规模宏大的专业制陶工场，姑苏陶人看中了这里水、土特别适应制陶，在此建场、制陶。延绵二十多里的坚实土坝，向内是一座座窑场，向外是一艘艘大船，天光、水光，一色；窑火、渔火，辉映；人群往来穿梭，陶器通江达海。可只惜，唐末兵燹之灾，窑场倒闭成废墟，遗留下来的无数陶片铺陈土坝，一层又一层，成了穿越烽火江山、永不消失的密码。

那天，这黑压压的几乎就要把渡口填满的乡亲将成为瓦屑坝的又一层碎片。

几个月的酝酿、准备，朝廷将这一天定为饶州移民正式外迁的日子。这些乡亲就是陆续被朝廷登记好、编了号的外迁者。他们当中有乡绅、有渔民，有家丁，有商贩，有盐农，有农户，有战后遗孀、遗孤，还有身外无一物的流民、乞丐。可现在他们没有做一丝一毫与身份相匹配的事情，乡绅不主事，渔民不出船，家丁不事主，盐农不搬运，商贩不经营，农户不耕作，流民不乞食。他们神色各异，声响不同，但他们无一例外全挤在这渡口边，做移民所能做的唯一一件事：等待。等待官员清点、编队、发放牌号、叫号上船，乘船离开，生活在别处，从此他乡是故乡。

我轻轻踩在成堆的瓦屑上。萧瑟的灰，发出“咔咔”的断裂声。曾经凛然如利刃的熠熠窑火熄灭了，一切色彩的饱和度骤减。骤然苍凉的颜色使我心惊肉跳，像暖春骤然转变为寒冬给我的感觉一样。瞬息之间，绿叶黄萎，花朵零落成泥，那些失魂落魄的人们，纸片般了无生气地在风中飘摇。

瓦屑坝，瓦屑坝，我在心里不停喊叫这个名字。这真是一个先知般包含隐喻的名字，似乎天生携带碎裂的宿命。瓦屑坝，瓦屑坝，我不敢开口发出一声言语，生怕自己发出的一点响动，吵醒它骨子里的苍凉与破碎。

汉民族是农耕民族，眷恋故土，对自己居住和劳作的土地有强烈的归属感和信仰，在这块土地上生，就要在这块土地上死，并且最后还要将土地留给子孙后代。于汉民族而言，故乡就是迦南地，是流着奶和蜜的地方，不到万不得已任谁也不会离开自己的家乡。想那晋代张翰因思念家乡的“莼羹鲈脍”，乡愁无法排遣，毫不犹豫跑到齐王那里辞官返乡。何况，这些子民本就长期生活在山明水秀田丰饶的富庶江西啊，元朝结束，刀光剑影、鼓角争鸣远去，好不容易盼来新的大明王朝，正是他们一门心思要将小日子越过越好的时候。

这一纸外迁令，对许多江西移民而言，简直就是一场伸手不见五指的暗黑噩梦。所以尽管政府就移民出台各种优惠政策，比如发放棉衣和路费（白银二十两），许以土地及良田（自便置屯耕种），承诺在一定时间提供免费种子和安家的其他便利，免除三年赋税等等，但除却那些实在生存不下去、渴望拥有属于自己土地和良田的小部分极贫乡亲，真正自愿移民的人是不多的。

奈何当时的国情下，又不移不行。元朝末年，政治败坏、经济凋敝、民不聊生，“寒自江南暖，饥自江南饱，牺牲是江南，不道江南好。”至正十一年（公元 1351 年），刘福通一声号召，农民起义在淮水流域一带爆发，迅速席卷汉水流域，最后遍及整个长江流域。朱元璋就是在起义风暴的推动中打下大明江山的。用他自己的话来说：“自有元失御，中原鼎沸，海内瓜分。予时为民于淮上，进不能上达，退不能自安，是以不得已而起兵。”洪武三年，“囊四方纷乱，朕与卿等图生而已，渡江以来……始有救民之心。”

战争是一台残酷的绞肉机，从公元1351年至公元1368年明朝建立，近二十年间的大小农民起义，使生灵惨遭涂炭，到处残垣断壁，满目疮痍，哀鸿遍野，积骸成丘，尤其鄂、皖、豫、川等地人口锐减，许多田土荒芜。接手这个烂摊子的朱元璋采纳了时任郑州知府苏琦等的奏言“时宜三事”：其一，为屯田积粟，以示长久之规；其二选重臣驻边镇，统辖诸蕃；其三为垦田以实中原。决定在全国范围内移民屯田，奖励开垦，于是北方“山东地广，民不必迁，山西民众，宜如其言”。南方则“江西填湖广，湖广填四川”。

明初大移民的序幕就此拉开，江西人就这样充当了“填湖广”移民历史进程中的主角。朝廷制定徙民条例，规定除自愿移民的外，其余人家按“四口留一，六口留二，八口留三”的移民定律强制迁居。谁搬谁不搬，什么时候搬，怎么搬，搬多远，搬到哪，都由官府一手划定、强制执行，不容申辩、异议。迁民令一下，官员带着兵勇挨家挨户强录名单，将百姓整编成一百一十家为一里的队伍，责令移民在规定时间内变卖家产打点行装，等待集合令，点名发放身份证明，然后由官兵押解，奔向外迁地。

瓦屑坝地形如深入湖心的半岛，既能防止移民逃离，又便于各地官员来往县城，管理及办理移民交接、迁徙事宜，毫无疑问成为朝廷首选的南方移民外迁集散地。

春寒料峭，江面吹来刀子般的冷风。洪武初年的瓦屑坝是一口敞开的大锅，而数以万计的移民是即将被舟船载入水中小火慢煮的无数只青蛙。青蛙逃不出圈定的命运。

故土难离，离愁惨淡，看似平静的瓦屑坝，隐藏着一股无声风暴。这是起于人心的风暴。给人一种“山雨欲来风满楼”的错觉。

人群在骚动，本来一致面朝大湖等待乘船的移民不知是谁起的头，纷纷转身折返。有的径直跑向渡口旁的那棵古樟，绕树三圈，匍匐树根，悲难自抑；有的背着包裹拔脚撤退，说“金窝银窝不如自己狗窝，哪也不去了，老死家乡”。眼看人群就要化为淙淙细流重回乡路了。官府着人将带头跑远的押回，就地正法。鲜血洇红了移民的眼，更震慑了弱民的心。手无寸铁，天下之大，求生而已。移民顺从地站好队伍，将双手交握于身后，配合兵勇将手绑好。此刻，他们是一根长绳上串着的无数蚂蚱，去完成历史交给江西的使命。

湖水汤汤，悲哭四起。鸣笛如哀乐，扬帆成丧幡。装载移民的船只像一片片叶子在风浪里漂浮。移民随波而流，像蒲公英一样走向远方，四海为家，将种子散落天涯。

人潮退去的瓦屑坝，一片寂静狼藉。人心最伤，伤不过骨肉分离；世间最痛，痛不过背井离乡，一颗颗移民心裂为满地的碎片，一个个被丢弃了的魂紧紧依附在瓦屑坝之上。头顶排成人字的鸿雁群，忧伤地“嗯嗯”叫了起来，全不是往常那种没心没肺的“嘎嘎”声。那一天，它们飞得很低很低。

手挥五弦易，目送归鸿难，东晋画家顾恺之所言不差。于洪武初年的瓦屑坝，远处的岚霭、近处的苇丛，北飞的大雁、外迁的人群，粼粼的波光、密集的船只，是好画的景物；画笔最难流淌的从来都是“吏呼一何怒，妇啼一何苦”的焦灼、“千里浩渺烟波，从此一别天涯”的悲壮、“目尽孤鸿落照边，遥知风雨不同川”的离愁以及“风波尽日依山转，星汉通霄向水连”的牵挂。

同年秋天，朱元璋令江南大户移民安徽及京师附近。尽管从“南略定远”开始，朱元璋一直依靠地主武装起家取胜，但出身贫贱的他骨子里对地主大户极度痛恨又深怀警惕。在朱元璋看来，一个强大的家族，像树植土地一样，根很深，叶很茂，只有让他们离开故土，失去财产和势力，潜在的危险和威胁才能消除。他效法刘邦“强本弱末”之术，对地主、大户进行“扫荡”，把他们看管在眼皮底下才能高枕无忧。

当然，也不排除精明、狡黠的朱元璋把国家当朱家的私心。《易经》有云：“天生一，一生水，水生万物。”浩渺的鄱阳湖水域滋养了江西人的生命，孕育了丰富文化，“物华天宝，人杰地灵”的江西有最理想的个体基因，也许他就是要把江西人作为经济社会发展的优良种子，播撒到他的家乡，播撒到全国各地，为巩固大明江山打牢基础，提供支撑。事实证明，勤劳、智慧、诚实的江西移民迁入外乡后，确实为所迁之地创造了巨大的物质财富和精神价值，耕读传书的他们培养了一批批栋梁之材。比如安徽桐城张英、张延玉父子宰相及其嫡出的 13 个进士；安徽怀宁被誉为“国朝第一”的书法家邓石如及他的六世孙邓稼先；安徽合肥的李鸿章；湖北麻城、黄安周氏一脉的诸多历史名人等等，这是后话。

一对青年男女在渡口依依惜别。俩人都是饶州大户子弟，门当户对，情投意合。即将良缘天成的一对璧人，转眼之间，生生被一纸外迁令拆散。天上浮云白日，远洲蓼红草绿，两个人的青春年华却在此刻停顿。她随父母外迁，他留饶州尽孝，生离之痛有时更胜死别之殇。热泪在心里流成了河，渡口旁却找不到一朵花可以相送，无语凝噎的对视中，两双饱蘸深情的目光宛若水上写下离别大字的道道指锋，不露狰狞地将彼此一颗心割得七零八落。

雁南飞，雁南飞，雁叫声声心欲碎。不等今日去，已盼春来归。何处是归程，人生如寄，莫把心揉碎。目送舱船远去，留下来的那一个在秋天的渡口站成了一棵树。“嘎”的一声哀鸣，将他的魂魄从远处牵引回来。一只离群的孤雁似乎受了很重的伤，跌落在左边的苇丛上，他跌跌撞撞冲过去，把伤雁仔细呵护在自己怀里。

前白后棕是鸿雁，它的故乡在北方。从北方的旷野、河川、山区、平原等地飞抵鄱阳湖的鸿雁，一直都是他最喜欢的灵性之鸟。小时候，每有雁群飞过，父亲常怜爱地摸摸他的头说：“吾儿当有鸿鹄之志。”他便问：“父亲，什么是鸿鹄之志呀？”“鸿，鸿雁也，鹄，天鹅也，鸿鹄善飞，举翅千里，其意高远。”先生们讲诗词，告诉他在“安土重迁”的传统背景下，过着群体迁徙生活方式的鸿雁是文人们抒发乡愁、吐露相思的重要意象，如张若虚之“鸿雁长飞光不度，鱼龙潜跃水成文。昨夜闲潭梦落花，可怜春半不还家”，如李白之“举头望见衡阳雁，千声万字情何限”，还有苏东坡的“人似秋鸿来有信，事如春梦了无痕”。

这是一只温善、娇憨、顺从的雌雁，黑色的嘴基上镶了一道狭窄的白边，暗褐色的羽毛边缘长着一圈淡棕色的纹，显得别致极了。他眼前浮现起心上人穿着蓝色滚边旗袍、巧笑嫣然的模样，莫非上天怜见，赐此鸟以寄相思？好雁儿呀，从此就叫你“雁儿”吧。他觉得自己的心又碎了一次。

回到家，他仔细帮雁儿清理伤口，包扎好。雁儿安静地看着他，一言不发，也不挣扎。他在院子向阳通风处清扫了一块地，用厚厚几把干稻草及若干小木板给雁儿安了一个家。雁儿安心住了下来。开始的几天，雁儿是站着休息的，一只脚单立，另一只脚蜷缩，翅膀支着；后来，伤好以后，它就趴睡了，趴睡的睡姿跟天鹅差不多，拱身，肚子贴着稻草，双脚蜷缩在肚子下。

他每天清洗几片青菜叶子，细细碎碎剁好，盛装在一只雪白的大瓷碗里，用另外一只雪白的大瓷碗盛了清水，看着雁儿吃。隔两三天，还会随意撒几把谷子和几两花生米在院子里。雁儿没有拒绝，吃得很欢。

雁儿的伤一个星期后就完全好了。痊愈了的雁儿变得非常活泼，吃喝也变得讲究起来。盛水的碗里只要掉了一根草茎或者一点绿菜叶子，它一定不会再喝里面的水。它会迈着娇柔的步子，就像他的心上人一样地走到他跟前，发出娇滴滴的“嗯嗯”声，不断用喙蹭他的衣服，向他撒娇，求他换水。待水换好，雁儿心满意足地喝几口后会将头靠在他的身上，掀掀自己的小翅膀表示感谢。雁儿爱干净，从不随地大小便，会跑到一个离窝较远的固定地方排泄，它从来不吃污秽之地附近的食物。雁儿每次睡觉起来，都会把小窝收拾得整整齐齐，那些稻草竟是一点皱褶也没有的。

他常常带雁儿去渡口木舟上小坐，望着浩渺、波动日月的湖水长久地发呆。可任凭思念的目光将天涯路望断，他也再没有等来斯人的半点消息。后来，父亲告诉他：“你与她此生，告别即是永别。各自安好，即为珍惜怀念。要知道移民是不可能再回老家的。朝廷有令，移民人等一律不得说出原籍，不能逃回故地，一同外迁的族人、兄弟不能在同一个地方居住，人称‘赶散’，违者极刑伺候。”

洪武年间，江西总计移民214万人，其中饶州府近百万人。“赶散”是残酷的，令天下多少骨肉分离、家庭四散、有情人难成眷属。

淮北安庆，是瓦屑坝移民迁居数较多的地方。移民迁至此地后，被割断了与故乡的一切联系。许多人死后不愿下葬，停柩于地面，他们怀有遗愿，始终抱定叶落归根的念想，可令人伤心的是，日复一日的等待，等来的却是朝廷的一纸禁止回迁令，他们的子孙后辈只得把棺木埋入土中。移民的后代就此形成了一种与其他地区截然不同的丧葬风俗——厝柩。所谓厝柩，即在荒山野岭寻一僻静处，两头用土砖砌墙、两边暴露、上盖石棉瓦，建寄棺所，再将逝者的棺木寄存其中，待三年或更长的时间后，再入土安葬。

▼ 起飞（刘国南　摄影）

凤阳花鼓，也是明朝移民宣泄积怨的产物。当近20万富庶的江南人被强行迁移至贫苦的凤阳府后，他们对故乡的眷念愈发强烈。可朝廷不准任何人返乡探亲，那是怎样一种度日如年的折磨呀。春去秋来，数载光阴，他们比任何时候都渴望自己能长一双翅膀，随南来北往、岁岁迁徙自如的鸿雁魂归故乡。念念不忘，必有回响，当严酷的政策有所松动后，那些曾经的富人便利用冬天农闲时节，化身为乞丐，扶老携幼溜回江南老家。他们一路乞讨，一路唱着凤阳花鼓，把悲惨遭遇告知四方，从悲愤中汲取力量，坚定抵达故乡的信仰。一开始，是流着泪小声唱，到后来，时间荡涤了一切，愤懑变得平和，心境变得豁达、幽默，有了又唱又跳的《凤阳歌》。

已是黄昏独自愁，更著风和雨。他头抵雁儿，心头滂沱。

长空雁叫，又是一年春来。鸿雁成群结队往故乡飞。由南到北，几千公里飞行，途中凶险莫测，也许是暴风雨，也许是无法战胜的鹰隼等天敌，也许是猎人无情的猎杀，可再艰难的旅途也阻挡不了鸿雁回家的脚步。

江南虽好是他乡啊，谁不渴望自己的故乡呢。雁儿突然变得有些失魂落魄，它时常憩立在院中，凝望蓝天。每当有雁群经过，它就会扑腾翅膀，喃喃鸣叫，待他走来，雁儿却总是会强迫自己安静下来，对着他强颜欢笑。那情景，别是一番滋味在心头。远方的心上人啊，一定常常哭醒于梦回故乡的幻境。哭吧，哭出来就好。我在这里，替你要送天赐的雁儿回它的北方故乡。

他带着雁儿去往渡口，带它乘上小木船，往湖上游走。离渡口很远后，他扬手，让雁儿飞。雁儿没有离开，盘旋又落下。他忍着泪将小木船摇到湖滨，找个地方将自己藏了起来，雁儿飞来飞去找不到他，数圈之后，悲鸣着离开。他凄然一笑。

那一声悲鸣恍惚直接从洪武年间蹦出，砸痛了高春的心。

从凤阳辗转数百里来瓦屑坝寻根的老夫妇噙着热泪回去了，可是他们讲述的这个关于移民先祖的故事一直在高春的心里激荡。

明朝严酷和严密的控制体系，使移民噤若寒蝉，胆战心惊；荒芜之地的开垦、生存又是那么不易和艰难，他们慢慢模糊了来处的记忆，许多事慢慢成为梦境里的影子，就像天边的月亮、尘世的孤鸿一样缥缈、幽微。

讲故事的凤阳老夫妇语焉不详，尽管“渡口分别的一对青年男女”没有名字，忘了姓氏，时间模糊，但这又有什么要紧的呢？终究老夫妇记住了瓦屑坝；终究许多移民的家谱上记载了“某年，自江西饶州瓦屑坝迁居”；终究越来越多的移民后裔说自己的根在天苍苍、水茫茫的瓦屑坝；终究世人认可瓦屑坝是解开近两亿移民后裔身世的密码。

几个外地人背着厚厚的家谱，在古樟三叩九拜，黯然神伤。他们小心翼翼捧起一抔泥土，仔细包好，揣进贴身的衣物，有敬神物般的虔诚。那份虔诚感染了高春，他突然觉得心里一双隐形的翅膀倏地打开了。这个瓦屑坝土生土长的普通农民拿出五万元，那是他的全部积蓄。半年后，村子里有了一座鄱阳湖瓦屑坝民俗文化馆。

再访鄱阳，我跟国南兄说此行主要目的就是高春和他的民俗文化馆。记得初访瓦屑坝那会，越过一块石匾，穿过一座牌坊，国南兄说到了，我很有些接受不了。除一处落魄又寂寥的半岛型沙洲外，空无一物，这就是传说中号称“北有大槐树，南有瓦屑坝”的中国移民圣地？那些颇有历史感的土坝、码头、商铺、帆船、窑火、茶楼及摩肩接踵的行人呢，哪里去了？今日之瓦屑坝能承载明朝大移民事件的东西实在是太少了。

国南兄领着我沿沙洲往上走几步，用脚“哗啦哗啦”扒几下藤蔓交缠的野草，一堆堆瓷瓦碎片很快显露出来，他随意捡拾一块，说:“别失望。这是土坝遗迹。只不过，由于鄱阳湖面积缩小，自清代起就逐渐远离了坝体。陆路通达,码头式微,渐变为小村庄，不再护岸的坝也就被埋没了。再说，不是还有古樟在吗？”

古樟在村委会前方，看上去有些年岁了，树围两个人合围也不能抱全。古樟下立有墓碑，刻着“瓦屑坝移民祖先之位”。在江西民间，有一种说法，但凡有村庄的地方皆有樟。从这个意思而言，樟是守着村庄前世与今生的神灵，是比列祖列宗还要年长的长辈，她有云一样的面容，春天一样的色彩，她高过天，大过世界，即便她的子孙远行万里，归来，只要看见她就有了最亲的故乡。

很可惜，几十年前的一次雷击几乎要去了古樟的大半条命。如今这棵古樟，掩映在灌木丛中，内侧漆黑如墨，表皮饱经风霜，残枝散落地上，远看，宛如一个久战沙场将军黯然卸下的盔甲。走近，我欣喜于一枚新叶的碧绿及枯枝上一株新芽的绽放。春天了，它缓过了神，这多么好。国南兄说，也许是回来祭祖的子孙越来越多，古樟的心重新苏醒了。

谁说不是呢。江河皆有源头，草木总有根系，候鸟都有自己深深眷恋的故乡，何况有血有肉有情有爱的人呢？

说是馆，其实是高春自己住的小砖房子。房子离村子中心很远，走路过来约有三四里远，数丈之内无邻居，颇有乡间遗老之态。房子也不高，只两层，外墙只用水泥砂浆简单抹了一下，内层的白涂料已经泛黄了，几个大窗户敞开着，甚至都没有装铝合金；地基抬得却十分高，从地面起步，到踏进大门，我数了数，足足蹬十几个台阶。唯一的好，是离水近。自古水中有诗意，好比“夜阑卧听风吹雨，铁马冰河入梦来”，又或者“春江潮水连海平，海上明月共潮生”。何况，是鄱阳湖的水。

门、窗大开着，阳光像活泼的河鱼一样一泻而入，到处明亮清朗。它不像我之前参观的诸多文化馆，少见阳光的空间总给人一种挥之不去的压抑感，有着隔绝自然的沉闷。

整个屋子一楼都被各种各样古旧的农具、渔具、生活用具霸占了，找不到人在此居住的一丁点儿痕迹。纺车、晒天、饭甑、石磨、猪槽、鱼叉、鱼篓等我曾经见过，剩下的许多虽然叫不出来名字，但它们都有温度，看着很亲切。打量久些，似乎觉得它们都长着一双老人家的眼。老人家的眼，历经沧桑洗礼，沉静、平和，有安宁之光。

为腾出更多空间摆放东西，高春把厨房安在了二楼，把折叠床摆进厨房。作为人居住的房子，高春的家几乎可以用家徒四壁来形容。他说，他把所有的积蓄都用来买这些慢慢在民间看不到的物品了。旧物越收越多。高春越来越忙。他将所有心思都花在移民对接这件事情上。他有时是义务向导，有时是义务讲解，有时还把移民后裔带到大排档里吃最正宗的地方菜。

他说，自己父母死得早，贫穷使自己在农村社会认为最该结婚的年龄段没办法结束单身。后来，他就不想结婚了，一个人简单过，挺好的。落叶归根，江河复海，天涯的移民后裔这些年来瓦屑坝寻根的越来越多，就只想尽一己之力让他们多一条回家的路。每次看着屋子里自己收集起来的这些东西能帮移民后裔找到更多更具体更温暖的回忆，感觉挺满足的。

浸染在光明里的高春，将瓦屑坝打磨得愈见光亮。而光亮是远行人最深最暖的慰藉。采访结束，他从衣兜里掏出一把旧口琴，说是吹一首曲子告别。

“鸿雁，天空上，对对排成行。江水长，秋草黄，草原上琴声忧伤。鸿雁，向南方，飞过芦苇荡。天苍茫，雁何往？心中是北方家乡。鸿雁，北归还，带上我的思念。歌声远，琴声长，草原上春意暖。鸿雁，向苍天，天空有多遥远？酒喝干，再斟满，今夜不醉不还。酒喝干，再斟满，今夜不醉不还……”

这首内蒙古乌拉特民歌，浓郁悲壮，有最柔软的缱绻情怀，仿佛思念故乡的游子在寥廓天际听到来自故乡的呼唤，是我最喜欢的民歌。我没想到用口琴也能吹出它的悲苦、凄凉。琴声穿过岁月深处，与洪武年间雁儿的悲鸣共振。断鸿声里，历史远去。断鸿声里，它们成了历史事件的证词。

鸿雁是鄱阳湖来得最早、去得最晚，也是数量最多的候鸟。

瓦屑坝有它们最深的眷恋。

12

水中捕快

风起，鱼腥味扑面而来，这是我第二次来到管驿前村。

管驿前位饶河北岸，鄱阳镇西郊，曾是古饶州水路上的“官驿水栈”。濒临江湖，靠水吃水，这个有 500 多户 2600 多口人的扁担形村落，村民多以捕鱼为生，兼营造船、做鱼钩和贩运。正所谓鲜鱼出水养三家（渔民、鱼贩、渔行），管驿前一度成为鄱阳湖有名的渔村，国内同行、政府官员、驻华外交使节，都曾蜂拥至此参观游览。

刘冬生早早在村口等。62 岁的老刘，依旧是大手大脚大嗓门，黑里透红的脸上，爽直之笑满溢：“来了好，来了好，快走几步，小家伙们都等不及了。”

老刘口中的小家伙正是我此行想要见的鸬鹚。鸬鹚属鸟纲，以鱼为生；嘴强而长，锥状，先端具锐钩；下喉有小囊，可存鱼。世界上共有 30 种，中国 5 种，即普通鸬鹚、斑头鸬鹚、海鸬鹚、红脸鸬鹚和黑颈鸬鹚。

这个不小的家族，在我国有广泛的分布，北方俗称鱼鹰，四川唤作乌鬼，南方多叫水老鸭，鄱阳人喊它鸬鸟。

鸬鹚眼神炯炯泛绿光，可快速潜入水中用尖端带钩的老虎钳一般的嘴捕捉鱼类，凶猛是其本性，故名鱼鹰。美国在1985年把“多军种先进垂直起落飞机”冠名为V-22“鱼鹰”，似乎很好说明了这种鸟潜水迅速、抓捕精准的特性。

它神出鬼没，在水草丛生的水域用脚蹼游水；在清澈水域或沙底水域则脚蹼和翅膀并用；在能见度低的水域可以依赖敏锐听觉偷偷靠近猎物，然后突然伸长脖子用嘴发出致命一击。无论何时何地、无论多么灵活的猎物怕是都难以逃脱被抓捕的命运，称之乌鬼，名副其实。

鸬鹚脚后位，趾扁，后趾较长，翠青色全蹼，黑色羽毛微带紫蓝色光泽，外形像鸭子。在水下，它会收紧羽毛，两只大脚在身后划水推进，快速穿梭，偶尔也会半张翅膀，用以帮助转弯，看似憨拙却无比犀利，叫它水老鸭，十分准确。

鄱阳湖水乡多见的是普通鸬鹚。当鸬鹚挥动翅膀如黑色精灵出没于鄱阳湖万顷碧波时，唤之鸬鸟贴切得很。

人们习惯把鄱阳湖的鸬鹚粗分为两种。

一种是野生鸬鹚。这些野生鸬鹚每年10月，从青海湖等繁殖地飞来鄱阳湖越冬，次年3月份左右离开。它们每年春天开始择偶结亲、筑巢垒窝。巢多建于水岸边的树上或芦苇丛中，用枯枝搭成浅盘状，盘底铺些草叶即好。雌鸟在四月份间产卵。每次产卵两至五枚，呈淡蓝色或淡绿色，由双亲轮流孵化。三十天左右，雏鸟出壳。刚孵出的雏鸟，两眼紧闭，全身裸露无羽，三四天后才能睁开眼睛。哺育由双亲共同完成，喂养方法很别致：成鸟张开大嘴，让雏鸟把嘴伸到它的食道里取食已半消化的鱼体。两周后，雏鸟长满绒羽，同时飞羽和尾羽也开始长出；两个月左右，才能飞翔和离巢；一百天后，跟随双亲一起下水学习捕鱼；约三年性成熟。

另一种是驯养鸬鹚。把野生鸬鹚加以驯化，用来捕鱼，以中国为最早。依《古农书简介》里的说法，驯养鸬鹚捕鱼，起于秦岭以南河源地区，三国以后，开始推广。秦汉时代的《尔雅》及东汉的《异物志》里均有湖沼近旁居民多养鸬鹚入深水捕鱼的记载。鄱阳人把驯养鸬鹚捕鱼称为“咬鸟”。

在管驿前，鸬鹚曾经是最棒的渔具之一。寻常年景，网船、钩船、卡子船都捕鱼不多的时候，鸟船上的“生意”（当地渔民对捕鱼量的俗称）却十分惹人羡慕。羡慕归羡慕，各种捕鱼方式，从来都是“隔行如隔山”，更何况是集技术、资金和传统于一身的“咬鸟”术，可不是谁想干就能干好的。

我在邱国珍教授的《似水流年忆渔村》一文中得知，管驿前的“咬鸟”户，是清朝道光年间从江西高安县迁来的，多为刘姓。几十户人家在精神上抱成一团，形成“刘家帮”，与邻县余干的“瑞洪帮”、鄱阳本县双港的“周家帮”（都为“咬鸟”渔户）三足鼎立，分段捕鱼。鸬鸟孵化、饲养、病瘟防治，都很专业，秘不示人。

我问老刘文章里说的对不对，他很痛快地告诉我，自己祖上从高安迁来，“咬鸟”技术传到他这已经是第八代了，只是今时不比往日，外头那些“先进”渔具太厉害了，一网下去，捞个二三十万斤鱼是常有的事，越发衬出鸟船生意的寡淡来。他还说，现在年轻人都重读书、有想法、不再指望靠力气吃饭，纷纷走出

▲ 捕快之形（刘国南　摄影）

湖乡奔更广阔更锦绣的前程，他自己三个小孩都有了很好的工作，“咬鸟”怕是从此以后要“相忘于江湖”啰。

经过家门口的时候，老刘用大嗓门朝敞开的屋里喊了一句：“出船了。”“晓得啰。”声音从里屋传来，是老刘老婆细小的声音。门里、门外，粗犷、绵柔，显形、隐身，与第一次来管驿前的情景如出一辙，这老两口的交流方式，还真是有点意思。

清明前，国南兄打电话给我，想看驯养鸬鹚孵化的全过程，赶紧来，他约了管驿前“咬鸟”专业户刘冬生，同意讲解并探看。我就这样去了。人还没见着呢，就听到一副大嗓门在前头吼：“不想做，门也没有，除非我去（死）了，不然这鸟必须给我好好养下去。……”

老刘 14 岁随父亲上船，一直依靠鸬鹚捕鱼养家，几乎跟“咬鸟”打了一辈子交道。在他眼里，鸬鹚不再是一种捕鱼工具，更像是风雨同舟的家庭成员，之间有很深的感情。而老刘老婆觉得，鸬鹚难养，食量又大，三个月禁渔期、两个月丰水期，每天要为每只鸬鹚至少买一斤鱼，辛苦不说还倒贴钱；待能下水捕鱼，收入也不大，只勉强够两个人的日常用度，再养下去意义不大。

老刘双手叉腰站在门外，像头暴怒的老狮子，而老刘老婆则隐身在敞开着大门的屋子里，不紧不慢的声线里透着农村女人特有的韧与倔。

我们的到来给了老刘一个再好不过的台阶："来客了。不吵了。反正你小心看着那片光就行。"

他不好意思朝我们眨了眨眼："见笑了，见笑了，其实平日里我们感情挺好的。"老刘善谈，他说他知道老婆说得对，这些年管驿前的"咬鸟"户从六十多户到五户，自家鸬鹚从四十多只到十三只，每天捕鱼量从最高时的两千多斤到现在的几十斤，早看得人心里透凉。但从感情上，他接受不了，没办法舍弃那些小家伙，那样是拿刀子剜他的心。

老刘领着我们来到孵化鸬鹚的那间屋子，老刘老婆正端坐在一张小凳子上。她说，养鸬鹚是操碎心的事情。母鸬鹚每年只一次下蛋期，要到三四月份，每期通常下十多个，多的约二十个。一般是隔夜一个，有时隔两夜一个，大小跟白鸭蛋差不多，但蛋壳较软。得凑齐十五个以上再进行孵化。孵化时间久，要一个月。因鸬鸟每天都要出门觅食，又找不到那么多能孵的母鸡，只能靠人工。准备一个大纸箱，底上铺一层棉花絮，挨个把蛋排放好，再盖一层棉花絮，用 15 瓦到 20 瓦的白炽灯泡以悬高一尺的距离加热并保持恒温。冷了会冻死，热了会闷死，所以一天二十四小时，自己得不间断地盯着。一个月真是苦不堪言。小鸬鹚出生后，很长一段时间自己不会吃东西，得靠人工，用小勺子像喂小孩似的去喂。以小鱼、黄鳝打成沫为主食，每天两到三次，量由少渐多，四五十天后，小鸬鹚有七八两大，羽毛长齐，再加喂豆类等食物，同时也可将其放到小溪浅水里以老带新训练潜水捕鱼。长到五个月左右，基本成年才算是解放了。

“现在能看到刚出生的小鸬鹚不？”

“还早呢，再晚十天半个月差不多，不过也最好别看，可丑了，皮肤红红皱皱的，一根毛也没有。当年第一次看到孵出来的小鸬鹚后，我可是连着几天吃不下一口饭。”

管驿前村的房子大多临河而建。老刘家的建在沿河圩堤外面。为避免洪水袭扰，他与这一排房屋的邻居们一样，将一楼建成空的框架。水起水落，这一层空架子啊，一年四季都是湿漉漉的。

鸬鹚喜湿，老刘在这里将几根竹篙一搁，小家伙们便有了最好的家。

老刘一现身，小家伙们瞬间热情高涨，纷纷摇头挥翅，用巴巴可人的眼神看着他。这与我第一次见到它们时的形象完全不一样。

第一次见它们，也是在这里。当时老刘正大着嗓门跟他老婆吵架，为避免尴尬，我们一折身拐下台阶，先自行去看他家的鸬鹚。

十几只鸬鹚分散立在几根竹篙上，对我们的到来丝毫不以为意，它们长久地看着远处又或者将头放到翅膀里面不动声色地睡觉，眼神、表情极其冷漠，像武侠小说里遗世独立的杀手。

不理就不理吧，正好仔仔细细将它们瞧一个够。

它们羽毛黑亮，头部偶见白色丝状羽毛，嘴角和喉囊部黄绿色，眼睛下方白色，瞳仁是绿色，两肩背和翅羽铜褐色并泛金属光泽，羽缘暗铜蓝色，尾圆形，虹膜翠青如宝石。眼里的寒冰之冷，无端使我要送它们一个绰号——“水中捕快”。

老刘把鸬鹚杆子往肩上一扛，在船帮子上“嘭嘭嘭”地拍上几下，嘴里“哦哦嗬嗬”叫唤几声，小家伙们便张开翅膀，依次踩上了杆子。杆子一走一颠，鸬鹚一摇一晃，宛若坐在轿子里的小娇娘。

老刘似乎对其中几只特别喜欢，不时用眼神跟它们交流，偶尔会腾出一只手，摸摸它们的羽毛。询问之后，才知这几只鸬鹚约两三岁，相当于 20 几岁的棒小伙，捕鱼能力特别强，“出征”前，多做情感交流，效果堪比赛前动员。据老刘说，区分成年与非成年鸬鹚的简单方法就是看毛色，毛色黑亮的是成年鸬鸟，灰褐色花白肚的多是年幼鸬鸟，幼鸟扎猛子多，逮鱼少；成年鸬鸟之间也有优劣高下，这跟基因有关，比如有些鸬鹚天生只咬鳜鱼，得此鸟，捕鱼收入会很高，一般情况下，头大、嘴钩子长且粗的，能力就差不到哪去。

驯养鸬鸟捕鱼有技巧，老刘的大嗓门从前面传来。我打趣说，老刘，你小点声，别让大家伙都偷学了去。老刘大大咧咧回道，正愁活计失传，学了去才好。

鸬鹚开始并不愿意为人效力，得先准备长长的绳子，一头系在鸬鹚脚上，一头系在水边树桩上，然后驱赶它们下水。鸬鹚捉到鱼，必须要浮出水面才能吞咽，这时赶紧向它们呼喊，并迅速牵绳子让它们上岸，取走鱼食。将鸬鸟的饥饱控制在“咬鸟”户手上，表现好了再奖励些鱼食给它们，久而久之，它们也就知道怎样做个听话的好孩子了。驯养后的鸬鸟都能自力更生，也能熟练识别同群的鸬鹚和栖息的渔船。

老刘将一些尺来长的禾秆芯，在清水里浸泡 10 分钟左右，像戴红领巾般，在每只鸬鹚脖子上系上一根。我有些意外，那些对外人冷冰冰、不可一世的家伙竟然会顺从地将脖子乖乖扬起，接受绑扎。扎脖子也是一个技术活，不能太紧也不能太松，以能伸进去一根手指的程度最佳。太紧呼吸窘迫，太松又怕它把捕到的鱼一口吃下。吃饱了的小家伙们可是不会干活的。这就是为什么每次下河捕鱼前不给鸬鹚吃东西的原因。

人的智慧对于某种生灵也是一种残酷，突然有些心疼起这些鸬鸟来。

近水知鱼性，老刘在这片水域闯荡了几十年，哪里有鱼，水深水浅，心里头门儿清。我们的船跟在他的船后头，他停下来，我们也就不再往前划了。

“船头一声鱼魄散，哑哑齐下波光乱。”当老刘用竹篙拍击水面，嘴里发出一串“嗨嗬哦嗬”的喊声后，小家伙们就像是接到出征命令的勇士，翅膀一张，墨色身形如黑云压境般很快遮蔽了湖面。

空中一个云里翻，入水时，头朝下，屁股一翘，荡开一圈细细的涟漪。水面平静了好一会，水下惊心动魄的捕猎全凭想象。之后，有“噼啪”声传来，一只鸬鹚嘴里衔着一条金光闪闪的鲤鱼冒出湖面，鲤鱼的鱼尾还在不停甩动。老刘连忙用竹竿将鸬鹚抄回，一手抓住鸬鹚的脖子将鱼取出，放进活水舱内，一手顺便从竹筐里取一小鱼犒赏有功之臣。鸬鹚得小鱼后将脖子一伸，吞进喉囊，接着又一个猛子扎进了水里。

十几只鸬鹚比赛似的，潜下浮起，不多时，活水舱里的鱼挤得满满的，噼里啪啦声响个不停。

老刘说，春季是鱼类的主要繁殖期，这也是政府禁渔三个月的原因。春节过后，随着气温上升，母鱼开始甩籽产卵，时间集中在后半夜到第二天上午十点前。一条五斤重的母鱼，能产出一斤半左右的鱼籽。整个甩籽过程可持续约一周。母鱼甩籽时，身后往往跟着几条甚至一群公鱼。母鱼把鱼籽撒在水草上，“啪啪”有声，紧跟其后的公鱼会立即跟上，把白色稀薄的精子像烟雾一样覆盖在卵子上完成受精。在夜里，常常能听到啪啪击水声。清明节前后是鱼类一年中最集中的产卵期。这时候鱼不活泼，活动受限制，不禁渔怕是什么鱼都会被捉光。

夏季也不适合。一方面鸬鸟怕热不怕冷，水温太高，会有性命之忧；另一方面夏季水满，鸬鸟虽被称作鸟类中的潜水冠军，最深可潜十九米，最长潜水时间可达七十秒，但适合它开展抓捕活动的潜水深度以三到五米为最佳，水太深会影响到鸬鸟的作战能力，这时捕鱼通常也是做无用功。

一般过了农历九月九，天气转冷，水位下降，水温降低，“咬鸟”才最适合，咬得也最多，有时候一场下来能捕好几百斤鱼。鸬鹚的羽毛防水性极差，身体很容易被浸湿，所以不能长时间待在水里，得晾干后才能再次入水。一次捕鱼的时间通常控制在一个小时以内，时间太长，体力不济。

老刘将小家伙们招呼上船，把船开到了岸边，用早已准备好的小鱼犒劳它们。饥肠辘辘的鸬鸟闻到鱼味，抖抖身子，拍拍翅膀，争先恐后地围在老刘身边。吃完食物的鸬鸟，在秋阳下张开翅膀，将头微微向上仰，小身板挺得直直的。

我们坐在巷子里聊天。

“世上什么苦，捞（捕）鱼磨豆腐。”我问老刘，捞鱼最苦是起早贪黑的艰辛、空无一人的寂寞还是丰歉难料的生活？

老刘抿了一口谷烧，眯眼想了一会，说水里求财，最苦是人在水中遇恶劣天气。暴雨如注，天地一统，辨不清方向，恶浪随时可能将小船打翻。真是黑天黑地的恐慌、黑天黑地的绝望。

除了打鱼，平常有什么爱好？

我不抽烟不打牌不听戏也不爱花钱，就是好一口酒。高兴时喝，难受时还喝。

我看了一眼凳子上放着的那杯谷烧，很快就见底了。这爱好倒挺对老刘脾气的。豪爽和幽默，坦荡而善良，清苦又有趣，天大的事都付笑谈中。就是这样子。

鸬鹚能捕多少年？捕不动了怎么办？

一般能捕十年左右。捕不动了，就用酒给它送行，在一场好梦里告老还乡。酒是白酒。鸬鸟酒量不行，约二两就够了。不养鸬鸟的人都说鸬鸟体臭，味难闻，我从来都不觉得，如果哪天闻不到了，我这心哪……

老刘眼里涌起了一层薄雾般的忧伤。

我试着转换话题。渔民都信命，敬天畏地拜菩萨，“咬鸟”户有什么禁忌或者说不一样的习俗吗？

以前是有的，除了晏公信仰，我们还有一艘专门供菩萨的“老

▲ 猎鹰（刘国南　摄影）

船”，以及每年两次较大规模的敬神活动。一次在正月，一次在七月。正月的敬神我们不公开，严禁外人参加，看热闹也不允许，目的是求得“孵鸟”的顺利成功。为时两天，从十五到十六，仪式在半夜或凌晨举行。香案摆在河边，案上点香燃烛，并摆有鸡、鱼、猪头等供品。敬神时，我们这些“咬鸟”户都毕恭毕敬。待神灵和菩萨降临时，主事人把扎好的稻草船放在砧板上烧，然后推向水中。这时，鞭炮齐鸣，还有专人用竹篙敲打渔船上的竹篷。仪式一直持续到天亮才结束。农历七月的敬神是为马上要到的鱼汛操办的，很隆重也很热闹。“七月十三，鸟船拢班”，除了拜菩萨，我们还会请戏班子演戏酬神。这个时候，春天孵鸟成功的要用猪头还愿。可惜辉煌时（岁）月都过去了，“咬鸟”户急剧减少，对神灵的朝拜也慢慢变得敷衍。

我理解老刘对鸬鸟不一样的深情，我也喜欢鸬鹚捕鱼所展示的水乡诗意：江水茫茫，一叶小舟泛行湖上，渔翁头戴斗笠、身披蓑衣，身旁置一鱼篓，杆子上立着几只鸬鹚，多美。但是，我没有安慰老刘，也没有伤感“咬鸟”这一传统技艺的日渐式微。我为鸬鹚感到高兴，千百年漫长岁月的驯养，它们终于能挣脱脖子间那根绳索的绑扎回归荒野，做自己的主人，饿了就入水捕食，饱了就在太阳底下自在晒着翅膀。

这或许才是一场自我解放的伟大胜利，才是自然界真正的诗意。

天空瓦蓝，野草碧绿，牛群在大堤垂首，渔船在水里荡漾，十月的管驿前，俨然鄱阳湖中的画廊。

13

天鹅冢

柴可夫斯基创作的《天鹅湖》，我是在电视上看到的。

那个时候，我还只是一个十一二岁的孩子，不谙旋律之妙，根本不懂管乐呜咽是在表达公主的悲伤凄婉，也不知明朗舞曲能烘托王子的阳光活力，更不能体会三十二个“挥鞭转”是要刻画黑天鹅的诡异内心，我只知道那踮起的脚尖、修长的身姿、圣洁的仪容，诠释的是天鹅的生灵之美和由此而生的爱之力量。

记忆中，那场天鹅之舞，将优雅渗透至每一个细胞、每一根羽毛。单单是看那舞蹈，我似乎就能想象天鹅的飞翔：盘旋而上，轻盈高飞，律动长空。事实上，天鹅确实也是世界上飞得最高的物种之一，高度九千米，能越过世界最高的山峰珠穆朗玛峰。

冷空气南下。秋分。风起。数以万计的天鹅陆续从西伯利亚苔原地起飞。它们平展双翅，像一支密不透风的队伍，在领头天鹅的带领下，波浪似的向前飞行。翅膀是方向盘，眼睛是天然雷达，天鹅遵循严格的飞行纪律，七字形，一字形，人字形，队形虽常换，但飞行纪律却无比严格，仿佛阅兵仪式上的飞行表演，充满精准的艺术魅力。

鄱阳湖到了。领头的天鹅先是一声轻吟，再来一个漂亮俯冲，随后又是一个高难度的爬升，归队向群鹅发出信息——目的地，到了。

天鹅们争先恐后冲向水面。降落时，先侧飞，近水后，仰着修长的脖子、伸直黑色的双蹼冲着水滑下来。一阵欢快的曲项向歌后将头、身子扎进水里，让屁股撅在空中。爱美的天鹅，忍受腹中饥饿，仔细清洗翅膀，每根每片，用喙理得洁白锃亮。彻底弄干净了，才去觅食。

这些素食主义者，只吃草。绊网莎、蓼子草、黑米草、莎菜等野草的根是它们的最爱。天鹅一小群一小群聚集在水边、滩涂，拿嘴去啄，和牛一样用舌头把啄到的草卷起来，用舌头拉力扯出，用嘴唇的锯齿锯断，吃一下拔一下，一寸一寸吃进肚子里。

草根营养较新生的嫩草更好，倘若一两下实在找不到草根，天鹅会用嫩草代替。吃嫩草的天鹅宛若清明前采摘新茶的人，它们薅住一把嫩草，只取那一簇草尖儿。只要草尖儿。

天鹅吃得很慢，一顿饭一两个小时是常有的事。我以为这是天鹅与生俱来的优雅，吃饭也要保持鸟中贵族的风度。拜访都昌县民间护鸟人李春如之后，才知道真相原来是另一种解读：那些人类用刀割都要费很大工夫的草根，天鹅全凭一张嘴去撕咬，快不起来。生存实属不易，然而，就算吃得再辛苦，它们也不能停下来。只有不断补给，才能有力气活下去。

第一次发现天鹅吃沙，我吓坏了，打电话问老李，它们是不是累傻了，居然将沙一口一口吃下？老李说，不是的，天鹅每天都会吃沙，也许是它们的胃需要沙子来促进消化吸收吧。恨只恨，对天鹅这个需求，一些人不施同情，反起歹念，常将毒药搓拌进沙子毒杀它们。我很难过，想不明白，为什么这个人间，总是一边有天使在忙着拯救，一边有魔鬼在忙着荼毒？

专心致志吃东西的天鹅群里，有一只率先抬起了头，应该是领头的天鹅吧。只见它脖子竖得长长得，头扬得高高的，开始在群里四下游动，左顾右盼，发出“哦，哦，哦”的低沉叫声，似乎在跟同伴们打着招呼：飞不飞呀，飞不飞呀？而它的同伴们，听到它的叫声后，有的频繁点头，似乎在附和它的提议，有的却依然埋头苦吃，无动于衷。有同伴不同意，那就继续吃呗。它安静下来，不再叫唤。过一会，它又发出“哦，哦，哦”的声音，重复刚才的动员。这一次，所有的天鹅都将头抬起，点头附和它的提议，低沉的叫声似乎在说，饱了饱了，飞吧飞吧。

它们飞到风的下游，停在了湖滩边上，相互间的眼神、语言交流，频繁而急促。

开始助跑。助跑是踏浪式的。“群主”先起飞，扑打翅膀向前冲，一只脚往前迈，踏水而划，另一只脚交替而上，两只黑蹼在水面快速拍打一两分钟，冲七八米，激起一串浪花后，借着冲势，腾空而起，再收双蹼于尾部，鼓动双翅冲向蓝天。洁白的羽毛在阳光照耀下，顺光处显得更白，逆光处恍若金黄。

天鹅怕人，选择将与人的安全距离设定在一千米开外，很多时候都囿在湖滩中间睡觉，但它们丝毫不惧怕水牛等动物，即使距离很近，照样视若无睹。我很想丢开望远镜，变作一头水牛，睡在天鹅“卧榻”之侧。

▲ 聚（刘国南　摄影）

清晨。天鹅昂起头，在水域里唱歌，“哦哦哦，哦哦哦”，节奏欢快明亮。它们围成一个圈，像一群跳街舞的活力少年。《木兰辞》云：“雄兔脚扑朔，雌兔眼迷离；双兔傍地走，安能辨我是雄雌？”兔子的雌雄靠走路不好辨，雄天鹅与雌天鹅却是可以通过走路样子来辨别的。颈长而瘦的雄天鹅喜欢搏斗，走的都是正步；颈稍短而粗的雌天鹅性子温婉，迈的是小碎步。

天鹅夫妻，情比金坚，对孩子也特别好。觅食时，成鸟找到好地方，会先让给自己的孩子，让它们吃饱吃好。当有人欺负自己宝贝的时候，成鸟会不顾一切地迎上去，挥翅扑打，用喙狠啄。

天鹅觅食领地意识强，有侵入者到来，会很勇猛地迎战。天鹅打架时往会将头交缠在一起，压在水里打，不停发出“叩叩”

的叫声。而其他天鹅呢，没事人似的，保持中立作壁上观，并且还喜欢起哄。打得越激烈，起哄得越有劲，直到有一方落败逃跑，围观的天鹅才会散去，留足够空间让人家一家子去崇拜、去抚慰、去骄傲、去满足。

渐近黄昏，分散觅食的小家庭会不约而同从四处飞来聚集在一起，共度长夜。湖中的天鹅群越聚越大，叫唤声也跟着加大。如是晴天，太阳西沉，天边红色的晚霞映照水中，湖面浮光耀金，炫目辉煌，逆光中的天鹅如剪影，安详又生动，偶尔会有天鹅腾飞天上，仿佛闯入了太阳的宫殿，使人产生无穷遐想。

天鹅的睡姿快要将我的心萌化了。它们半跪着，折叠双脚向前，身子往前一拱，肚皮朝下趴在地上，脚缩在肚子下，头伸进翅膀里，就算是睡着了。它们是警惕的、缺乏安全感的，睡觉时，必须安排几只站岗，瞪大眼睛巡查。摄影师大斌斌告诉我，那些被安排站岗巡查的天鹅通常都是丧偶的“鹅奴”，失去配偶的天鹅一直承受着双重痛苦：失爱和化身为奴，没有同伴关心、呵护，怀最深的忧思，做最苦的活。所以，性子烈的会有殉情之事发生。他曾经在北方看到过天鹅殉情的全过程，十分悲壮，至今回想，依然震撼。

平坦的草地镶嵌明如银镜的水洼和不起眼的土包，天际传来天鹅的吟唱。一只天鹅总是抢先于另一只天鹅半个翅膀，而且牢牢守在后者的右上方。很明显，后者受伤了，前者是在帮后者阻拦气流和风向，让它节省体力，减轻痛苦。前者体形较小，是雌天鹅。天鹅群在降落，朝水洼的方向。雄天鹅身子微微一振，挥动双翅，想飞到雌天鹅的前面。这一路，雌天鹅为自己付出了太多，它心疼爱人，想要在这个时候送一份舒适给爱人。可突如其来的动作令它的身体难以调整。雄天鹅像重物一样急速坠落。雌天鹅见状，一声尖叫，剧烈扇翅，将修长的脖颈伸得长长的，身子起起伏伏，凌乱地想抢在雄天鹅之前落地。如果成功抢先，就可以让雄天鹅落在自己身上，减轻猛烈坠落给它带来的伤害与疼痛了。可是，雄天鹅并没有如雌天鹅所愿，它直直坠在了旁边的一个土包上，一动不动。雌天鹅跌跌撞撞奔跑过去，伸出喙，不断拱它，趴在它身边频频絮语。雄天鹅还是一动不动。它已经气绝了。雌天鹅开始围着雄天鹅飞舞，发出一连串悲痛的哀鸣。

暮色四合，夜的气息很快弥散开来，喧闹的草原安静下来了。雌天鹅似乎接受了雄天鹅不再醒来的事实。她深情地望着雄天鹅，一言不发，安静地用喙梳理着它的全身，守在它跟前。

天鹅群走了，雌天鹅像一尊化石，在土丘前，守了三天三夜，滴水未进。突然，它哀哀起飞，在土丘上空，左盘旋三周，右盘旋三周，一个加速冲上几千米高空，收羽，自由落体。转眼，土丘之上再摞一层新“土”。那土丘多像是爱情之神为天鹅夫妇搭建的一座冢啊。

天鹅冢？天鹅冢！想起曾经在某个网页浏览到的一条资讯：三国时，孙权命周瑜在南康府境内（今属江西省庐山市星子镇）操练水军。离家几载，周瑜思念小乔，在点将台静观夕阳西下。天空有天鹅飞过，其中一只被乱箭击落，很快，天鹅群中的另一只天鹅离开队伍，振翅上高空后收羽，直线坠地，殉情而死。周瑜感怀，亲手为这两只天鹅收殓，并在落星湾附近修了一座天鹅冢。

落星湾在著名的星子镇，是鄱阳湖与庐山结合的最美的地方。说不清从几千年前的哪一天开始，鄱阳湖的水流经此地，忽然凹进十里，形成一个很大的天然的湖湾，江西五大水系经此归宗東流，赣、皖、浙、闽、粤、湘等地的大量物资都由这里进入长江和中原北方；也说不清是几千年前的哪一天，天上的一块陨石受不住美丽湖水的诱惑，心一横，眼一闭，坠入大湖的怀抱，高若数丈，纵横周回百余步，形如星斗，世人称其为落星石。

落星石虽为弹丸之地，然竹木清奇，环境秀雅，伫立其上，舟遥遥以轻飏，风飘飘而吹衣，远可眺匡庐诸峰，近可观鄱湖胜景，那种浑然天成的开阔又幽微的气息吸引了大批文人学士。李白、范仲淹、欧阳修、王安石、苏轼、黄庭坚、周敦颐等纷至沓来，端起酒杯，坐见山川吞日月，叹赞天光两奇绝，留下许多动人篇章。后来，落星石所在的湖湾便有了最诗意的名字——落星湾，所在的行政区域也有了最好听的名字——星子镇。奈何，我通过各种渠道几乎访遍了星子镇各个阶层的人士，却是任谁也不知道有那样一座天鹅冢的存在。

我在紫阳堤上长久伫立，分不清是失望还是失落。

夏季的艳阳，正当头。突然，大风平地起，从南往北，席卷过水面，直向庐山秀峰撞去。云起云涌间，上下天光在刹那交汇，豆大的雨滴排山倒海般地下来了。山、水、船只、行人、浮露水面的石墩及墩上的寺庙、楼阁，在苍茫雨雾中闪烁，多像是老天有意赐予我的一部宽银幕黑白电影啊。

在流动的幕布中，似乎有无数天鹅上下翻飞。它们面目端庄，形色妍美，忠贞之态，决然又高贵。它们成双成对，抵颈而歌，发出“哦哦哦”的叫声，是在齐诵它们的宣言——不能爱毋宁死吗？

身旁，一个女孩取下脖颈间的项链，清泪缓流。她低头深情亲吻那颗黑天鹅组成的心形的吊坠，很快对着湖湾号啕大哭起来。雨消融一切，哭可以无所顾忌。项链在风中摇晃。

在发现澳大利亚的黑天鹅之前，欧洲人认为天鹅全部都是白色的，他们将第一只出现的黑天鹅视为从地狱飞来的幽灵，认为它的存在寓意着将有不可预测的重大事件发生。后来，那些发生在意料之外、却又改变着一切的事件统统被称为“黑天鹅事件”。

令女孩哭泣的“黑天鹅”源自一场车祸。

在鄱阳湖区长大的她和他，对大自然充满最朴素也最深切的

▼ 天鹅在湖（刘国南　摄影）

迷恋。一个冬天，在去吴城看天鹅的路上，他们相遇了，聊不完的天鹅话题使他们很自然地相爱了。

有月的夜晚，他们在草洲约会。月光，在他们的额头上打滚，之后水一般倾泻天地。有月的夜晚，天鹅是无眠的，它们放松了戒备，把万千柔情蜜意交付给无垠天地。有月的夜晚，天鹅离月亮很近，他们离天鹅很近。他们听到天鹅双双对对，抵颈而歌。不，那不是歌，是呢喃，娇嫩的呢喃，是深沉的私语。花前月下，天鹅在彼此倾诉衷肠。他和她紧紧拥抱在了一起，深情相吻，走向时光深处。

转眼来年二月，天鹅开始集结，向北方繁殖地出发。送走最后一批天鹅，他与她来到火车站台。为许她一份更好的生活，他接了一单活：给一家摄影杂志拍摄一组新疆四季风光、人文风情的照片。他从口袋里掏出一个锦盒，里面装着一根带有黑天鹅组成的心形吊坠的项链，这是他精心挑选的定情信物。爱，比天鹅之贞；情，如天鹅之烈，他们说好，今年秋分，等天鹅飞回鄱阳湖，就结婚。几万只天鹅作见证的婚礼，多么美妙。

他带着对未来的美好憧憬上路，留给她的却是凉入骨髓的灾难。在去北疆的路上，他遭遇车祸，魂断他乡。这个消息在如火的七月传来，她感觉自己掉进了冰窟窿。

七月的鄱阳湖，没有天鹅。关于他的一切，就像是一场梦。唯一从梦境里流出的，只有那根串着黑天鹅的心形的项链。

古人说，天鹅会在弥留时歌唱，作为最后归息的前奏。这种丧歌，柔和、幽怨，悲伤、凄婉。她告诉我，尽管隔山隔水、隔阴隔阳，她却总能听到他临终的呼唤。

楼船若鲸飞，雨下落星湾。也许，真正的天鹅冢从来立在有过爱情的人心里，我又何苦为寻不得而沮丧呢。

爱是一种信仰，相信就好。

14

鹭从南方来

白羽黑腿，长喙如铁，纤巧流线的体态，俊逸逍遥的风姿，扶风可借力上青云，掠水可照影话桑麻：鸟之中，以白鹭最为工整。

无须过多修饰，只凭白、黑两款基础色，便成了郭沫若眼里一首“增之一分则嫌长，减之一分则嫌短，素之一分则嫌白，黛之一分则嫌黑”的恰到好处的散文诗，白鹭真是天生丽质。

这种古称雪客现又名鹭鸶的涉禽，喜暖，喜欢栖居在水边、湿地，以鱼虾、青蛙等小动物为食，对生态环境要求很高，几乎成了衡量环境质量的活指标，是鄱阳湖的夏候鸟。它们每年二月底开始陆续从南方越冬地飞临鄱阳湖繁衍生息，一直住到十一月，与刚刚到达的冬候鸟们一起构成万鸟齐飞的壮丽景观。

鹭从南方来，可究竟“南方”是哪，我问了许多人，也没能得到一个统一标准的答案。一如，为生计、后代奔忙的我们，无数个清晨与黄昏辗转在各个生活场所。

我家乡所在的城市深喜白鹭，那里有白鹭巨型雕塑，有各种以白鹭命名的地点。赣江在流经这座古称庐陵、现叫吉安的城市时，留下了一个沙洲，形似振翅欲飞的白鹭，其上，茂林修竹，有鹭洗羽，遂称白鹭洲。南宋江万里任吉洲知府时在洲上创办了白鹭洲书院，敦教化，兴理学，明节义，育人才，700多年间，培养出了抗金英雄文天祥、诗词家刘辰翁、忠节名臣邓光荐。

三千进士冠华夏，庐陵文脉传千载，白鹭洲书院的创办继承一代文宗欧阳修文脉的同时，也为吉安赢得“江南望郡”“文章节义之邦”等美誉打下了坚实基础。1903年，书院改为中学后，莘莘学子从这里飞往更加宽广的天地，白鹭洲中学也成了省重点中学。

吉安在鄱阳湖的南边，我便一厢情愿把白鹭看成是家乡亲人，无比关心起它们的生活习性和生存现状来。

白鹭家族有五个分支，即大白鹭、中白鹭、小白鹭、黄嘴白鹭和岩鹭，种群一度很庞大。近代以来，随着人类对环境的干扰破坏，加上由于它纯白色羽毛价值高、是人类觊觎的贵重装饰品而导致的猎杀不断，种群数量明显下降，其中黄嘴白鹭已被国际鸟类保护委员会列入世界濒危鸟类红皮书，与大、中、小白鹭同属国家二级保护动物；而习惯于在岩石上栖立、岩缝里繁衍的岩鹭是中国十一种高度濒危鸟类之一，在我国已难得一见。

鄱阳湖是我国最大的淡水湖，有滨湖县区十多个，分属南昌市、上饶市和九江市。洪水一片，水枯一线，其湖相随季节而变。鄱阳湖林水相间，风景如画，气候适宜，水产丰富，每年飞抵湖区的白鹭占全世界总额的一半以上，是名副其实的白鹭王国。湖边有一片叫象山公园的森林，鹭鸟多达六十余万羽。成千上万的白鹭栖息其间，或引颈高歌，或悠闲起舞，或争风吃醋，或恩爱相依，或埋头筑巢，或趴窝孵蛋，一眼望去，如繁星点点，闪耀在森林上空。

在象山公园繁殖度夏的多为大、中、小白鹭，而鄱阳湖其他湖区县乡所见多为小白鹭和黄嘴白鹭。这四种鹭鸟，羽衣均为白色，颈皆呈“S”形，黑腿都细且长，静时，常曲缩一脚于腹下，另一脚独立；飞时，都是双脚后伸，超过尾部，呈直线翱翔，一般人很难分清，但只要掌握它们各自长相上的特点，又很好区别。

大白鹭，绿脸颊，黑棕眼睛，黄喙，脚趾色紫，既无羽冠，也无胸饰蓑羽；中白鹭，白脸颊，黑棕眼睛，黑喙，脚趾色黄，无羽冠，但有胸饰蓑羽；小白鹭，白脸颊，红眼睛，黄喙，脚趾色黑，有胸饰蓑羽，且繁殖期时枕部生有两条狭长而软的矛状冠羽，仿佛两条长小辫。“何故水边双白鹭，无愁头上亦垂丝？”想那唐代诗人白居易所看到的垂丝白鹭正是繁殖期间的小白鹭。而黄嘴白鹭的羽色等会随季节而发生变化：夏季，嘴橙黄，眼先为蓝色，脚黑色，有胸饰蓑羽，枕部生着多枚矛状冠羽，最长的两枚有十多厘米；冬季，嘴变成暗褐色，眼先变为黄绿色，脚也变成黄绿色，蓑羽及冠羽统统消失。

在它们的胸部、腰侧和大腿基部，还生有一种特殊羽毛。这种羽毛，根部不停长，前端不断破碎为粉粒状。这些粉粒状的羽毛能像滑石粉一样，包裹黏附在体羽上的污垢。只要拍拍翅膀，抖抖身体，就可以让污垢随粉粒脱落，是白鹭保持羽毛干净、体色鲜亮的法宝。

白鹭趁北风集群而迁，数量从几十只到上百数千只不等。迁飞时，必须有一只鸟在前面领飞，其余紧随其后、保持平行。领飞鸟不固定，会频繁更换。白鹭的家园观念很强，从不轻易改变繁殖地，只要生态环境好、食物有保障，每年，它们都会径直飞到最初安营扎寨的地方。

丰水季节的鄱阳湖，河湖一体，芳草萋萋，水满鱼肥，人在其中，犹如置身大海。白鹭抵达鄱阳湖后，会派出少数精锐部队对往年营巢地进行察访。这些精锐部队在往年营巢地所在树林的上空盘旋，侦察几圈后折回，接着，歇息在滩涂的这群白鹭会集体再次探访，持续几天，觉得没问题了，便全体飞来定居。

没有求偶前的白鹭是群居的，捕鱼也是围猎式的。浅水湖沼边，铺天盖地全是白鹭，它们一起用脚赶鱼，鱼动了之后，争先恐后用长喙猎取。但围猎场景的持续时间不长，因为白鹭大致在三月中旬就开始进入繁殖期。敲定了栖息地的白鹭，会很快出现求偶交配行为。

▼ 鹭影（刘国南　摄影）

求偶是需要时间和精力的。这时的白鹭将飞离营区觅食的时间推迟，选择长久在营区停留，有的个体几乎终日留在营区。

雄鹭是占据主动的一方。它们在群里寻找意中人，看上某只雌鹭后，会主动飞到跟前向其展示自己漂亮的蓑羽，同时前后伸缩脖颈。对视片刻。雌鹭若有意，会抖动并掀起浑身羽毛回应。受宠若惊的雄鹭见状，立即贴身上前，开朗大方些的雌鹭，会主动迎上与之曲颈，比出如恩爱天鹅般的心形；羞涩内向的，会用脉脉含情的眼撩一撩雄鹭，转身飞离，仿佛很得“欲擒故纵”之精髓。心照不宣的雄鹭沿美娇娘的方向紧追不舍。它们围着林子你追我赶，仰天鸣叫，那是爱的歌声。飞累了的雌鹭择枝而落，急急赶来的雄鹭与之相依相偎，开始无比温柔的调情。倘相不中，厉害的雌鹭会用喙、爪与雄鹭打斗，将对方赶跑；老实的大体选择落荒而逃，去别处等候自己的“白马王子”。

求偶成功的白鹭频撒“狗粮”，毫不避讳地在林间追逐、嬉戏、拥抱、接吻，那些还没对上眼的“剩男剩女”们大多独伫枝头欣羡。当然，恋爱从来不是一帆风顺的，白鹭世界里横刀夺爱者众。我在象山亲眼见过这样的画面，一对已经谈妥的白鹭正在树枝上亲昵呢，另一只雄鹭似乎也看上这只雌鹭，它毫不客气地飞上枝头来抢。夺爱是磊落的，犹如中世纪欧洲骑士的决斗。决斗以最快的速度结束。先来的被赶走，后来者居上，而刚刚还在和落败雄鹭卿卿我我的雌鹭，居然心安理得、毫无心理障碍地接受了后来者。移情别恋之快，简直了。“古往今来，美女总爱英雄”，想必人类这一说也同样适用于白鹭吧。

一对白鹭从确定恋爱关系到组建家庭大概需要半个月。在此期间，这对亲密爱人往往会不停地“打斗”。这种“打斗”跟平常的打斗不一样，是繁殖期中的试交配：雄鹭靠近雌鹭，依次蓬松羽毛、伸展翅膀、发出鸣叫。插句题外话，白鹭“嘎嘎嘎”的叫声比鸭子不知难听多少倍。雌鹭用喙与雄鹭的喙交合，交合四到六次后，雄鹭会替雌鹭梳理羽毛表达爱意。被“爱意”打动的雌鹭，蹲伏下来，尾巴上翘，频频扇动双翅。之后，雄鹭站在雌鹭背上，用喙咬住对方颈部羽毛，双翅下垂并不停扇动，随即发生交配。约 20 秒，交配完成，雌鹭用喙不停地梳理身体两侧及腹下羽毛，而雄鹭则停留在附近休息做守护雌鹭的天使。

半个月试交配，雌鹭眼看就要下蛋了，小两口赶紧掀杆子搭窝过起自己的小日子来。爱巢通常筑在水边附近树木的向阳隐蔽处，距地面高度大多十几米，最高不超过二十米，也有的会筑在矮树下的草丛间。

筑巢枝一起选。选好后，一只鹭会将筑巢枝四周的枝条踩平或折断，整理出巢址，就近折枯枝铺在上面。另一只鹭站立旁边梳羽及担任警戒。筑累了，角色互换。安放第一枝巢枝比较困难，常从树上滑落，筑巢鸟会再折枯枝重新开始。第一天一般只能在筑巢枝上安放好几根枯枝。第二天后，开始从较远处运树枝。运枝与筑巢由两鸟分工合作进行。运枝鸟叼树枝中间部位即重心处，飞到巢边，利用喙的不断张合，使树枝在喙间滑动，直到露出重心给站在巢上的筑巢鸟。筑巢鸟衔住中心部位后，不断用喙张合移动，直到便于操作时才放枝。

筑巢时间五到十五天不等。筑好的巢呈盆状，结构比较简单。白鹭家庭与家庭之间常为争夺筑巢枝而发生争斗，在领域遭到侵犯时，先行筑巢的一方会发出又粗暴又急促的“嘎嘎”恐吓声，与入侵者对峙。这种“嘴峰”之间的对峙，有时会持续四十多分钟。

有的巢还未完全建好即有卵产出，只好边产边筑。白鹭产卵期为七天左右，基本是隔天产卵，产出两至六枚。此时白鹭叫声明显发生变化，是“咕噜咕噜”粗声。随着卵数增多，巢也需要不断扩大，两鸟只好不停地补巢、固巢，直到孵化期结束。

白鹭卵，钝椭圆形，呈鸭蛋青色，全部产完后由两鸟轮流孵化。孵化期约一个月，这期间，两鸟的坐巢时间开始延长，离巢次数逐渐减少，孵化、觅食各领一单，有修补巢和翻卵的行为。对于此时来侵犯巢营的个体驱赶表现剧烈，再不是无伤害的嘴峰对峙，而是用嘴直接进攻对方的身体。

全窝雏鸟出壳时间相差三到六天。通常，雏鸟要出壳，会用嘴巴去啄壳再自行钻出，天生发育不良的雏鸟是啄不破壳的，成鸟会帮忙啄一个小洞再扒拉开蛋壳。刚出生的白鹭全身湿润，眼睛紧闭，嘴大头小腹壮，活脱脱像一只脱了毛的鹦鹉，可丑了。

育雏期一般持续二十八天到三十五天，其间，两成鸟轮流飞出觅食。夏天水满，白鹭的脚下不去水，赶不动鱼，觅食通常采取守株待兔式，即独行侠般站在水边一动不动保持沉默，看似悠闲自在，其实精神高度紧张，一旦发现猎物，旋即起飞实施抓捕。成鸟觅得食物先吞下或叼在嘴里，回巢后吐出，由雏鸟自取。雏鸟长得很快，三日龄时脚能够紧握巢枝，五日龄时颈能伸直啄取父母嘴中食物，九日龄时能在巢内爬行，十一日龄时可不完全站立，十六日龄时能完全站立并攀爬，二十一日龄时能在枝条扇翅行走、离巢抢夺食物，二十六日龄时能短距离飞翔。经过练习，它们能够很快掌握野外生活的技能，三十几天就被父母赶出家门，另立门户，这一点比人类的孩子不知强多少。

下雨天用翅膀遮雨，大晴天用身体挡太阳，设法控制巢内温度，不停飞离巢区觅食，多时一天达三十多次……两成鸟在育雏期的细致与温情很是让人动容。可尽管如此，雏鸟的成活率依然只有一半左右，除却外部因素的损伤，雏鸟之间也会争斗，体弱的、笨拙的常常被强健的、敏捷的从十几米高的巢内踢下窝。生存进化之路，残酷却也无可奈何。

白鹭有许多与人类情感相似之处：会建立家庭；会含辛茹苦地抚育幼鸟；会为争夺伴侣大打出手；会为霸占领地暴力相向。

▲ 在水一方（卢斌　摄影）

但，白鹭并不是一夫一妻制，一只雄鹭在繁殖期可能和多只雌鸟进行交配。比如，一只雄鹭在巢内孵卵，待到雌鹭回来换班，与之喙喙相对、交颈缠绵后飞离家门，竟然就在自己配偶的眼皮子底下扑在其他窝里正在孵卵的雌鸟身上强行交配。而被交配的雌鹭只东张西望地左顾右盼，毫无反抗之意，如果“老公”不回来，生米就煮成了熟饭；只有恰被“老公”撞个正着，她才会装模作样象征性地反抗几下子。做贼心虚是人类惯用的词汇，放在白鹭身上也恰如其分。偷情的白鹭不论体型多大，身体多强壮，当行事的时候不幸被撞见，会马上中止交配，落荒而逃，似乎内心有着与人类一样的道德观。

同样，在白鹭世界里也有类似人类的阴暗面：一个白鹭家庭会因失去夫妇一方而饱受其他白鹭家庭的欺辱；偶尔，一些白鹭会为加固自己的巢而去拆另一个家庭的窝，并把邻居幼小的孩子抛到地下摔死，残忍无比。本是同根生，相煎何太急。这些“黑”，让深爱白鹭之“白”的我久久无法释怀，内心对它们的亲近瞬间变得无比脆弱。

想起之前，当湖区许多农民告诉我他们讨厌白鹭的时候，我曾大吃一惊。漠漠水田飞白鹭，一块块水气泱泱、碧浪翻涌的稻田，多像是大自然赐配给白鹭的画框呀。画框里的白鹭，灵动，清新，雅致，多美呀。怎么会讨厌呢？

湖区农民讨厌白鹭理由很简单：一、好看不能吃；二、值钱不敢卖；三、大量捕食青蛙，踩踏稻田；四、剪子嘴，偶尔会偷吃田里的作物。这些似乎无可厚非的理由，让我很有些不平静。说来说去，我们看待事物的好与坏、白与黑还是站在一个觉得人类是地球主宰、自然主人的立场上。对人有用、能产生实实在在的物质价值就是我们喜欢的“白”；对人有害、不能产生实实在在的物质价值就是我们讨厌的“黑”。我们忘了甚至不承认白鹭也是一种生命，它们也要生存。

尤瓦尔·赫拉利在《未来简史》说，四十亿年来，自然选择不断调整和修补人类的身体，让我们从阿米巴变成爬行动物，再到哺乳动物，现在成为智人，但没有理由认为智人就是最后一站。现在人与动物之间的关系，很有可能就是未来超人类和人类之间的关系。如果不从我们周围的动物开始谈起，就不可能真正论及人类的本质及未来。

在美国大片及童话书里，地球上的动物似乎是与人类势均力敌的，但事实上，许多动物早已不知道去哪儿啦，目前，全球大型动物（也就是体重不只是几公斤而已的动物）有超过九成不是人类就是家畜。自 1970 年以来，虽然人类的生态意识不断提升，但野生动物种群据说仍然减少了一半。

如果哪一天，地球上仅余人类，会怎么样？这个问题令我心惊肉跳，也使我对自己在知晓白鹭之“黑”的反应警惕起来。不管是过去巨大的野兽还是现在纤巧的白鹭，都遵循着不变的自然选择原则而进化，都有其自身的丛林法则，作为人类不指手画脚，不凭一己之心说白道黑，才是大智慧。

15

达子嘴的苍鹭林

鄱阳湖上都昌县。离水很近的都昌，日子是长在湖上的。

湖面上从早到晚漂浮着阳光。苍鹭涉水而行，细长的两条脚杆交替着高高提起，弯折九十度，四只带蹼的趾爪蜷缩如拳，稍稍停顿后，脚杆下斜，张开的趾爪如一片嫩叶无声落下，那优美的行进节律仿佛两把小提琴在重奏。飞时，翼展近一米，敏捷又迅速；静时，单腿直立，一动不动，宛若雕像。

这些从南方飞来鄱阳湖度夏的苍鹭不像野鸭、大雁那么喜欢热闹，它们是沉默的王，喜欢将家安在高高的树上。非孵化期，成双成对栖居的苍鹭很像城市里的上班族，除晚上回窝拢在一起睡觉外，白天各忙各的，互不打扰，就连觅食都相距很远，好像两个互不相识的垂钓者，静静等着鱼儿上钩，它们或许是这个世界上最喜欢安静的水鸟了。

达子嘴村的徐坤福和往常一样，背着手去苍鹭林巡视。

达子嘴村是都昌若干小渔村当中的一个，人不多，只 26 户人家；面积也不大，倘若置身于鄱阳湖上空三千米的高度俯瞰，不过一只甲壳虫般大小。甲壳虫身上闪耀着迷人的绿。杉树、松树、樟树、苦楝树、竹子……长在背后山上的这些树都是达子嘴的老朋友，一代代人被风雨吹老，树却愈发地苍郁繁茂起来。这样一片绿，嵌在银光闪闪的湖面，真是要多提气有多提气，要多好看有多好看。苍鹭纷纷在此筑巢生子，最多的一棵树有鸟巢 30 多个，真是要把人的眼都给数花了。

年近 70 岁的老徐说，祖宗传下来的林子起先是不大的，树也稀疏没现在那么多，却曾住过许多鸟。也许是小渔村当年的日子太过枯燥乏味，先人们没事就去背后山林子里掏鸟窝、拆鸟巢，偶尔还会抓一两只红烧了下酒。鸟的心底弥漫忧伤与愤怒，慢慢就来得就少了。最后飞离达子嘴的鸟传说是只乌鸦，在乌鸦“嘎嘎嘎”的凄厉叫声中，达子嘴先后有两艘渔船在老爷庙附近水域出了事，六七口人无一生还。少了鸟声的林子空荡荡的，死沉沉的，许多本来长势好好的树莫名其妙就枯了、烂了，村子里的翻船事故也接二连三多起来，先人们心里惴惴不安。

那时候，达子嘴的先人们还不知道渔船出事的地方就是日后被世人称为“东方百慕大”的魔鬼水域，仅 20 世纪 60 年代到 80 年代，就有百余船只在这片水域离奇失踪、尸骸无存；他们也不懂得科学界有北纬 30 度这个说法，北纬 30 度被称作地球的脐带，在这根脐带附近，有许多神秘又无解的自然现象，比如百慕大三角，比如埃及金字塔，比如传说中的大西洲，比如最高峰珠穆朗玛峰。老爷庙水域刚好也处在这根脐带上。

艰辛、莫测的水上生活使达子嘴人的内心一直都处在摇晃的状态，他们越来越觉得鸟飞走后，达子嘴似乎也失去了某种“庇佑”，越是平静的湖面看着越觉得惊慌，他们时常担忧，一个浪头打来，潘多拉的盒盖被掀开，“魔鬼”会在湖面肆虐。

流动的不安，使他们开始把稳固的山林当作福祉。他们认定背后山是一方宝地，每次出湖前，都会去林子里转一转，跟自己一眼相中的大树抱一抱，祈求平安。在村民眼里，树高林密的背后山，多像一个敞开怀抱的千手观音啊。千枝万条是观音无所不在的手，慈悲为怀的手，一定可以摁住风浪、保人平安，赐予达子嘴满仓鱼粮的。

达子嘴人，从此再不轻易砍伐一棵树，甚至折断一根枝，他们用实际行动向自然忏悔。他们全心全意保护好一片林子，等待鸟儿们的回归。鸟是吉祥的化身，百鸟投林的那天，才是达子嘴村真正人丁兴旺、顺遂平安的时候。

二十年前的一个春天，树叶由鹅黄转为淡绿。两只苍鹭在背后山的林子上空悄然盘旋，老徐是第一个瞧见它们的人。金黄的眼睛，橘橙的喙，长长的头颈长长的嘴，长长的翅膀长长的腿，多美的鸟呀，尤其那包裹在狭长如柳叶尖儿的眼睛里的滚圆瞳仁，一层虹膜覆盖其上，是哲学家般若有所思的况味。

两只苍鹭停伫于最高的那棵古松，抵颈而语，发出“刮刮刮”的鸣叫，似乎在表达“好吧，好吧，就是这儿啦”。激动不已的老徐长久跪在祖宗牌位前祈祷，祈祷苍鹭能真正留下来。当这对苍鹭在背后山古松上垒起第一个鸟窝的时候，蕴藏许久的那汪水从老徐的眼窝里淌了出来。

鹭鸟在巢里恩爱，每隔一天就有一枚爱的结晶产生。十余天过去，巢里有五六枚蓝绿色的椭圆形鸟蛋了，雌鹭收敛情爱之色，变得正经极了，它端庄地拢坐巢中，仿佛母仪天下的皇后。而雄鹭，甩了甩区别于雌鹭的状若小辫子的羽冠，用喙梳了梳“夫人”的苍灰羽毛上覆饰着的洁白如玉的羽翎，张开翅膀外出觅食了，它深灰的羽毛上散布着的黑斑无比帅气亮堂。

老徐招呼村里几位老庚（同一年出生的朋友）与他一起，每天义务巡林护鸟。苍鹭就是他们的宝，谁也别想伤害到一分一毫。

在老徐心里，苍鹭是有大智慧的。它们不鲁莽、不焦虑、不贪婪，最懂细水长流。肚子再饿，也要先飞到湖汊上空，盘旋、观察一段时间，然后飞到草丛里捉虫投放到刚才观察的水域，捉，投，再捉，再投，直到鱼儿扎堆。鱼越聚越多，苍鹭不再捉虫，转身飞到岸边用长嘴折一根虫子般大小的草秆投进水里。鱼儿以为草秆也是小虫，争先恐后抢夺。坚硬的草秆随着泛起的水花来回漂动，鱼儿根本无法吞下草秆便气急败坏，宁静的水面顿时乱作一团。此时，苍鹭瞄准一条准备去抢食的小鱼，找准位置却不是瞬间起飞，而是先悄悄走到较远的地方再起飞，以奇兵突击的方式迅速将其叼住吞下而不惊动旁鱼分毫。几条鱼下肚，苍鹭饱了，它坚决飞走不留恋。一场动物界惊心动魄的“猎杀”完美收官，苍鹭单腿站立、长颈弯曲朝后将头枕进羽毛休息，只剩下混沌的鱼儿，还在没心没肺地抢食那根草秆。

绝顶聪明的苍鹭，自然也懂得达子嘴人的友好，第二年，它们以集群二十几只的方式回应人的善意。达子嘴人高兴坏了。苍鹭在空中衔枝，他们在地上忙碌。忙什么呢？当然是忙着捡拾地上被风雨吹折的细树枝呀。他们将捡来的树枝砍成 70 厘米长短散落在林子四周，方便苍鹭取材营巢；他们组建了以老徐为队长的巡护队，24 小时安排人巡林，确保苍鹭不被人猎杀，不被人毁鸟窝、掏鸟蛋；他们栽种了越来越多的树；担心春季鄱阳湖里的鱼不好捕，他们还特意疏浚了六口小池塘，以每家凑份子的方式每年购买五六千斤小鱼投放到池塘里，为苍鹭开设“专属食堂”。

如今，二十年过去了，背后山的林子从过去的 10 余亩扩展成今天的 30 多亩，苍鹭也从过去的两只聚集到今天的四五千只；二十年过去了，达子嘴人丁越来越兴旺，日子越过越红火，有望成就达子嘴江南第一鹭村的美名。

山水灵秀，有时也不只是大自然的造化之功吧！

苍鹭会心飞过。

▼ 苍鹭（刘国南　摄影）

16

寻豚记

一

因为顽皮，我掉进了冬季黄昏的火盆里。火盆里残余的炭火灰烬将我不到周岁的脸烫起了一个明晃晃的大水泡。初为人母的母亲手忙脚乱将我抱起，用有限的经验试图帮我疗伤，结果反而把水泡弄破，导致伤口感染、发炎。再送医院，医生叹息，这里离鄱阳湖实在远，弄不到江豚身上的油脂，那可是上好的治烫伤药，用它擦一擦，伤口也许就不会留疤了，真是可惜了这娇嫩嫩的女孩子。

最重要的事物往往最易于受到毁损，我颜面的伤疤成为母亲的隐痛，她饱含内疚，时常叨念起我们都不曾见过的江豚来。而另一方面，容貌既已损毁，它在我的生命中似乎便不是那么顶重要的事情了，母亲的隐痛并没有困扰我的成长，这不大不小的伤疤也没有演绎成我生命中一团巨大黑洞，反而在我心里栽下其他美丽的种子，比如宽容，比如平和，比如豁达。

在少女眼中，伤疤是包裹在不幸之中的一朵带刺的花，就像乳牛胆囊里疼痛的结石、蚌壳肉体间藏匿的异物一样，经岁月之手能够被淬炼成牛黄、被打磨为珍珠。我渴望遇见江豚。遇见江豚，也许就意味着遇见更美好的自己。我长时间耗在网上，搜索无数与江豚有关的图片、资料。

头部钝圆钝圆；上下颌几乎一样长的弧线天然上扬；小牙齿密密排着；两只小眼睛，被肥嘟嘟的肉儿一挤，挂在大脸边缘两侧……每分每秒都保持微笑的江豚多可爱呀。然而，发现猎物后的江豚却是很勇猛的：往前冲，快速转体，用尾鳍击水、搅动，惊散鱼群，再迅速接近、咬住、吞咽。如果集体发现鱼群，就分开游动将猎物包围，齐心在水面激起数十厘米高的涌浪，将数十至上百条鱼追出水面，一片银光闪闪。

江豚宝宝在母体生长的时候是个慢性子的小霸王，一座母体宫殿只能住它一个，优哉游哉待足十二个月后，它才伸个懒腰决定出来。先露尾巴，再出身体，最后是头部。娩出后，小霸王奋力向上游动，母豚则腹面向上，身体朝孩子相反方向远冲，用力拉断脐带。小霸王借力浮出水面，向着生命的天空展颜欢笑。江豚与人类一样，有很强的母性，经常带孩子欢快地出水觅食。驮带时，仔豚的头、颈、腹部紧贴母豚背部，活像我们人类的母背娃。托带时，母豚常用鳍肢或尾鳍托着仔豚的下颌，帮助它出水呼吸。

仔豚吃奶非常困难，它必须跟妈妈保持同样的速度，等妈妈把肚皮翻上来，才能吃几口。因为是用肺呼吸，它每隔一分钟左右还要浮出水面透透气，不然会被憋死。也就是说，好不容易蹭着母亲的奶头的它，没吃两口呢，又得暂停让自己浮出水呼吸，真是一点也不尽兴。

过去，长江一直是江豚的“快乐老家”，长期以来，那绵延数千里的长江里到底生活着多少江豚，恐怕谁也无法数清。但是到了 20 世纪 80 年代，长江大开发，航运不断使水体破坏严重，几乎没有什么鱼了。“饥饿的江豚”“江豚倒在迷魂阵旁”“江豚被螺旋桨打死打伤”“江豚困死乱采砂石的大坑中”……各种悲怆的呼声悄然埋没了许多江豚的身影。现在，全世界的江豚仅剩下一千头左右了。创造一个物种，要几百万年光阴，破坏一个物种，却只需要几十年时间。

“世界吻我以痛，而我报之以歌。”江豚选择把航运少、鱼类资源丰富的鄱阳湖当成最后的“避难所”。无论遭遇什么伤害，

▲ 成双成对（傅建斌　摄影）

无论境遇再怎么不堪，这些精灵，从始至终保持微笑，笑着繁衍、笑着生活、笑着涉险、笑着赴难，一如既往在水中安静悬浮或翻腾转动，没心没肺对人类亲近友好、喷水嬉戏。这番气量胸襟，难怪没有天敌，难怪可以在地球上存活 2500 万年之久，并一路走到食物链的高处。

我的伤疤不是秘密，但总是会有人刻意嘀咕将它夸大为秘密，我时常能从他们闪烁的表情上感受到一种凉意，凉意之下，我无从分辨那究竟是惋惜还是自得。每次，我总是劝慰自己向江豚学习，学习它的微笑。因为微笑，能使一颗心湿润如玉，能弱化一切艰难和困境并使之不似想象中那样难以克服。

二

五月的鄱阳湖，天空澄蓝，水势壮阔，极致的妩媚与极致的豪迈被风以一种近乎完美的比例揉搓在了一起。一种独特的气息扑面而来。

微风岸，孤鸿影；平野阔，大江流；小舟行，沧海寄。别说是我，任艇上与湖打过无数交道的每一个人，都难以抵挡那种气息的吸引，齐齐挤到甲板上。一排排卷着花边的白浪，瞬生瞬息，将一颗颗心浇得湿漉漉的，一双双眼睛很快泛起潮来。

“看，江豚！”人群传来一阵欢呼。待明晃晃的阳光将眼里的潮气吸尽，沸腾的方向早已水平如镜。

一位老哥说，从前鄱阳湖里的江豚不算稀罕物，几乎每次出水巡查他都能碰到，最多的一次足足有七八十头。有一家三口一起畅游的，有母豚驮带仔豚的，有小两口亲密嬉戏的，也有单独在水上冲浪的。它们很聪明，知道大船在前面走能大大减少水的阻力，胆子大的便常常调皮地跟在船后头，乘浪起伏。江豚的声音特别丰富，欢乐时，“噗，噗噗”，音柱散如网状；紧张时，是纯哨声，但哨音没海豚音那么尖；有时还会发出“噢呜”的低鸣，或许是在生气吧。一些时候，它们会聚集在巡艇旁边游来游去，你甚至可以伸出手摸一摸它们的圆脑袋，接一手它们吐的水柱、水泡。如今，要看一眼全凭运气，真担心过个十年八年，它跟它的表亲白鳍豚一样，说没就没了。

宋代诗人孔武仲在《江豚诗》中写道:“黑者江豚，白者白鱀。状异名殊，同宅大水。”黑不溜秋的江豚，人称“江猪”，这非猪非鱼的江猪，对大风感觉敏锐，每当刮大风前、江面顺风起浪时，会朝着起风的方向“顶风”出水，这“江豚拜风”，曾是渔民最重要的水上预警，渔民据此就知道，大风要来了，不能出湖捕鱼，以免发生意外；而“白者”白鳍豚在阳光照耀下，闪闪发亮，招人怜爱，加上本性善良，但凡看见有人不幸落水，会围在一起救人，湖区渔民奉之若神灵，给她取了个好听的名字:“长江女神”。可惜的是，白鳍豚多年前已被宣告功能性灭绝，江豚成了长江里仅存的哺乳类动物。

同事发过来一张江豚流泪的照片。照片拍摄于 2011 年。那一年，长江中下游地区连续干旱，水位持续下降，科学人员对救助江豚进行体检时，江豚眼睛里缓缓流下一滴眼泪。那一滴眼泪，写满凄凉、无助。它是在为自己的命运担忧吗？

回想在网上搜集资料时，我用五笔字根输入词组，想打出“江豚”，显示的却是“满月”两个字。月上中天，皎皎其华。一轮满月，仿佛自盘古开天辟地起的一个永恒存在，万籁俱静的夜晚，与之对望，人似乎可瞬间回溯到自己最深最远的故乡，使情感得到极大慰藉。可紧随慰藉而来的，却是一种关于生命格外的荒凉感。这荒凉之感，生生使人从心底深处升腾起无名的哀恸。

月凉如水。生命来源水中。江豚和人类共享同一条江河。“满月”是江豚的隐喻吗？那一刻，太阳陷入乌云的包围圈，世界很快暗淡下来。

在我有限的认知里，余干康山大堤有个江豚湾，听说是江豚出没最频繁的地方。我满怀遇见的希望去往那里，然而，还是失望而归。我在那个信江、抚河、鄱阳湖三水合流的美丽江豚湾，守了五六个小时，也没能瞧见一只江豚的身影。余干的朋友安慰

▲ 梦一样的鄱阳湖（傅建斌　摄影）

我，也许江豚怕热，都躲在水底贪凉呢，又或者夏季是丰水期，一湖清水流过几千平方公里，江豚贪玩，满世界旅游去了也说不定。多来几次，肯定能见到的。

三

我没料到，我与江豚会以这样的方式初见。

也是五月的一天，斜风，细雨，随省水政总队去巡江巡湖。一头江豚静静地泡在水里，尾巴被细线缠绕了好多圈，脸上微笑依旧，眼睛却再也不能睁开。它的身上沾满血迹，有许多伤口，腹部上的一处血洞尤其淋漓，触目惊心。

难以想象，这头江豚之前经历了怎样的挣扎、承受了怎样的痛苦，是血洞在替死去的它“开口说话”:“再过三两个月我就可以当上母亲了，是那些滚钩阻断了我所有关于未来的想象，而我腹中那个已经殒失的豚儿本来只需很短的时间就能和人类的孩子一样，学会所有本领，跟我哭、对我笑，满江湖里调皮捣蛋。”

我多想此时此刻有一场大雪纷纷扬扬啊。纷纷扬扬的大雪，一直下到将江豚的所有伤痛填满，让血洞保持缄默。

之后一段时间，我几乎每天早晨都会遇到同一辆车、同一个人。

车在沿江快速道的江边辅路靠右停着。副驾驶敞开的车门与路边一小排树形成一个曲尺型的天然屏障，如此，屏障与车身夹着的那一小地，就是一个隐匿又开阔的舞台了。

舞曲从车内扬出并向外盘旋。盘旋之声仿佛一根无形的柱子。一个壮硕健美的男子，面朝赣江、攀着柱子不停耸动双肩、扭动身体、抖动双腿，仿佛一条蛇在苏醒。他光着膀子、光着双脚、只着一条湿漉漉的泳裤站在那里，旁若无人兀自舞着，似乎心里正奔涌着一条江的荷尔蒙。起初，我显然被这白花花一身给吓着了，我使劲摁亮电动车最高速的那个挡，从他的车旁落荒而逃。但我很快发现，我不过是在自己吓唬自己，每天，那个男子只倾心于自己的舞台，连眼都不曾睁开过。

当速度归于平稳，好奇心便占了上风。以后路过，我都忍不住去打量他的样子、想象他的故事、揣测他的命运。

流线型的身体，发达的肌肉，光滑富有弹性的皮肤，还有灵活无比的腿部，他的样子多像白鳍豚淇淇呀。淇淇是一部名叫《豚殇》的纪录片中的"主人公"，于1980年被渔民误捕。铁钩在它的颈背部钩出了两个直径四厘米、深八厘米、内部连通的洞，送往中科院水生所时已经半昏迷。专家想尽办法总算是将它抢救过来了。

伤好后的淇淇被移至离水生所六公里的研究基地生活。说是基地，其实就是一片鱼池，但生性活泼的淇淇很喜欢这片鱼池。它对声音特别敏感，有人来了就无比兴奋，在靠近人的位置快速游动、翻腾，甚至用尾鳍不停打水。它痴迷玩具，尤其是救生圈，最喜欢把身体趴在救生圈上，或者钻过去，玩疯了连饭也不吃。

四年后，淇淇进入青春期。春夏两季，开始发情——局部皮肤充血变成桃红色，身体直立水中，一边激烈晃动脑袋，一边发出吱吱叫声，生殖器伸出体外，贴着墙壁运动。

必须给淇淇寻找伴侣。

母豚珍珍初到水生所时，淇淇非常紧张，紧张得都不吃东西。

它们你看我，我看你，头对头好像互相观察。珍珍很勇敢，主动接近淇淇。两三天后，它们慢慢熟悉。后来，当发情期的淇淇表现激动时，珍珍会迅速游到它身边，用自己的身体与它摩擦，直到淇淇平静。正当珍珍接近性成熟、就要和朝夕相伴的淇淇完婚时，一场突如其来的肺炎结束了它年轻的生命。

珍珍死后的那些日子里，淇淇在水中孤独地游着，发出凄惨的声音。研究人员查看从池底的水监器捕捉到的声音图谱，发现这种声音是淇淇过去从来没发出过的。这也许是豚类特有的悲鸣吧。

淇淇在鱼池里孤独终老。它开始出现一些孤独环境下高等生物所表现出来的一些严重的心理问题：总是长时间地贴着池塘壁游泳，任何异样的事情都会使它异常兴奋，以及食欲不振和各种疾病。每年的发情期，淇淇尤其饱受煎熬。它不停地将身体与水池边的水泥墙摩擦，然后一个滚儿又翻回到水里。一贯腹部在下的它此时肚子朝上，粉红色的生殖器，坚挺地在下腹部不断向上延伸，二寸、四寸、六寸直到一尺多。它很快又在水泥墙上蹭开了，接着又一个滚翻回到水里，它的生殖器比刚才伸出来的还要长，充血的颜色也更浓。

生殖器是用来生小白鳍豚的，但这却是淇淇永不能实现的愿望。研究所的工作人员再也不能够从长江里帮淇淇找来伴侣，甚至整个人类都无法帮淇淇找来伴侣。

淇淇的肤色越发深重，皱纹也多了起来，显得老态龙钟。它的牙齿已经快磨没了，捕捉食物的能力明显变得呆钝。在它“弥留之际”，工作人员为了让它可以吃到鱼，在将鱼投入水中之前先将鳃挖掉，让鱼慢悠悠地游，即使如此，它常常还是“心有余而力不足”。2002 年 7 月 14 日早上 8 点 25 分，淇淇“沉睡”池底，用永恒的微笑与世界告别。

这世上，但凡属唯一的东西总令人悲情丛生，表情也不例外。

“冰雪消融的早春 / 圆梦时刻到来了 / 今天我梦见我要回家了 / 别了，我深爱的‘妈妈’ / 再见了，岸上的伯伯们 / 此刻，我终于看见了宽阔的长江 / 虽然我不知道这条大江的前方是否旋涡密布 / 但是，我会继续追寻我们曾经拥有过的天堂和梦想 / 好好地活下去！”这是片尾，豚类的心声。

物种生命延续的意义——不为了避免死，不为了生辩护，也不为了寻求永恒，而是为了努力证明它为人类的存在赋予了怎样的意义。只会是白鳍豚的消失吗？只会是江豚的危机吗？当环境被破坏，人类能独善其身吗？自然的生态系统，一种生灵消亡，人类就少了一种依存的凭藉，从而更加脆弱。

我捕捉到了盘旋之声、大蛇之舞背后一个人的孤独。是的，难以言说的孤独。

四

湖口县地处江西、安徽、湖北三省交界点，因长江与鄱阳湖唯一交汇口而得名，拥有三十公里鄱阳湖岸线和二十七公里长江岸线，襟江傍湖，港汊纵横，土地肥沃，物产丰富，吸引了众多江豚在此停留居住，是全国最早组建江豚协助巡护队的地方。

正是金秋十月，南迁的候鸟已来到了鄱阳湖草洲，枯水一线，江豚活动范围缩小，我愿自己运气足够好，能在湖口邂逅这活蹦乱跳的可爱生命。

北门渡口。下午四时的江风吹在人身上，有些许寒凉。周军琪和志愿者们在湖口江豚保护协会（江豚协助巡护队办公室）门口等我。

63 岁的周军琪，1988 年营职干部转业安置在湖口县渔政局，一干二十七年，参加过国家组织的连续三年长江白鳍豚和江豚的同步考察。可以说，他职业生涯的几乎全部活动在长江鄱阳湖这片水域上。退休之前，他时常一个人站在双钟堤上，深情眺望这片水域，一动不动，一言不发。

从渔政局退休后，周军琪与爱人被女儿女婿从老家接到北京，一起生活，照看小外孙女，小日子过得还是蛮自在、安逸的。然而，每次只要遇到跟“豚”有关的一切，哪怕是任何与之有关的只字片语，周军琪的心总是会泛起阵阵涟漪。尤其在北京地铁里看到江豚保护的广告牌，在电视里看到拯救长江江豚、保护鄱阳湖生态的节目后，他失眠了。

许多个夜晚，待小外孙女睡着，周军琪独自站在阳台仰望星空。浩渺的星空像深蓝色的水体，他的情思在美丽的水体里哗哗流动。他无比想念那片水域，想念水域中的万千生灵，想念那些叫江豚的宝贝。

过度捕捞、航运、挖砂、建设和制造污染的人类，有时像一个敌人，让江豚无处可退。一个从武汉打来的电话，让他心潮澎湃。去年五月，长江生态保护基金会和县渔政局的领导，考虑到他在渔政待的时间久，对水域情况非常熟悉，湖区 80% 以上的渔民他都能叫得出名字、说得清渊源，非常希望他能回来牵头，推动湖口的江豚协助巡护工作。

白鳍豚没有了，长江三鲜中的鲥鱼、河豚也没有了，刀鱼只剩下半条命。江豚不能再没有了呀。周军琪离开了北京回到家乡，组织十几名护豚志愿者，风里来，雨里去，泥一身，水一身，将满腔怜爱从此给了江豚宝贝。夏季，铁板船上蒸下烤，热得无处藏身；冬天，江面寒风刺骨，刀子般划在脸上，头被吹得不像是自己的。

舜德乡屏峰村属三县交界水域，管理薄弱，然而这里却生活着二三十头的江豚，周军琪和队友为守护它们曾在船上吃住了近两个月。它们会出来与我们相见吗？秒针一格格地走着，时间在手表上延伸出一个个空洞又结实的扇面，我突然觉得恐惧，担心自己置身的地方其实是早被人类自己破坏掉的另一颗心脏。

“呲啦——呲啦”，水中传来奇异的声响，老周说，这是江豚吞吸时的动静。我使劲瞪大眼睛。“哗”的一下，一只江豚像芭蕾舞演员一样打破了我的全神贯注。它在水中灵活完成翻滚、弹跳等动作，我到底没能忍住幸福的尖叫。很快，水面涌现出了更多的江豚。当中，一雌一雄正在展开热烈追逐，它们用身体频繁触碰、相蹭，有时还会用吻端吻触对方的生殖裂。待激情消退，水面平静，两豚缓慢上浮，相依相伴。

暮色恬淡，水波温柔，该返程了。“叮咚”，好友哲在微信里发过来一张照片，是她在第一届鄱阳湖长江江豚保护论坛现场做志愿服务的照片。在湖晏江清、江豚欢跃的背景映衬下，哲美极了。她发过来一段话：“琴，此刻，倾听现场，我觉得这世上的一切伤残都是可修复的。我触摸到了一束光的存在。我看见江豚在光柱里畅游，游向一碧万顷的深处。”哲在话的末尾配了一个大哭的表情，是一个江豚保护志愿者喜极而泣的表情。

所遇者皆神迹，所得者皆天赐。江豚神情娇憨聚在船的四周，与人久久不散。我感觉，我们都遇见了更美好的自己。

附　记

01

种楠记

一

世人常说江西省遂川县有三宝，“金橘板鸭狗牯脑”，却不知它还有一样好东西——龙泉杉木。这曾是江西的贡木，素有“黄金条子”的美誉，当年都是走水路，从当地的蜀水到赣江入长江，再从长江入京杭大运河运往京师交割验收的。

旧时，靠山吃山、靠水吃水是农民的主要生存手段。遂川农民从山上砍下杉木、毛竹等，装进木排或竹排，顺流至下游去卖，渐渐派生出“放排”这个行当。

茶盘洲，遂川一个仅有二十一户人家、面积不到两平方公里的自然村，是蜀水滋养的宝地，有种楠的风俗。自古以来，村民无论贫富，只要家中有儿成亲或有女出阁，必在大喜之典次日，由新人在房前屋后合种一株楠木苗。

也许，在茶盘洲人朴素的世界观里，种楠，是扎根土地的决心，是生命昂扬的状态；看一株楠木茁壮，能感受自己活到久远的力量。先人朝代更替，茶盘洲的楠和人却“葱葱郁郁”活了下来。楠木渐次成林，规模上千株，其中围径三十厘米以上的有一百余株。“宋楠”是茶盘洲年岁最长、体形最大的一棵树。树身挺拔，浓荫匝地；树相威严，气象万千。茶盘洲人觉得他们得到了山水草木的庇佑，便将先祖定下的“楠木，只造不伐”的族规村约，世代相守。

二

五十多岁的何树生家住茶盘洲，是个“树痴”，一有闲暇就往楠木群方向走，在“宋楠”跟前一待就是大半天。

何树生父亲早年是排工，每次放排前，会买一刀肉煮熟，再备些酒水，到码头祭祀。而他母亲待排出发，会手举搁着一双筷子、一把菜刀的平案，匍匐在“宋楠”脚下，虔诚祈祷丈夫“平安快到”。

在蜀水往来的许多木材商，垂涎茶盘洲的古楠木，常把他父亲召去各大酒楼，好生款待，兄弟般“交心”，循循善诱：“老何呀老何，你说你怎么那么傻呢，守着黄金吃馊饭。”何树生父亲知道这些人动的是什么心思。

楠木，多珍贵呀，不腐不蛀，不翘不裂，木性温润，韧性优；纹理细腻，有清香，自古便深受皇家和大商贾的追捧。说一寸黄金一寸楠，一点也不夸张。可楠木关系着茶盘洲的命运，断断砍不得。树砍了，水会到处乱流，怎么养土地？树砍了，茶盘洲一点绿也没有，鸟都不会来。没有“宋楠”的茶盘洲人，心里的那些事、那些愿望要到哪去说？

何树生父亲真想对这些人吼一嗓子：“要砍楠，白日做梦吧。”

可他们偏偏都是开工钱的衣食父母，自己是得罪不起的。重话不能说的树生父亲便借着酒劲跟这些人讲故事。

——光绪年间，朝廷派兵来村，准备砍下“宋楠”作贡木。刚砍一个口子，村里男女老少全来了，手牵手围着楠木站几圈，说要砍树先把我们都砍了。为了保树，先人可是连命都可以不要的。

——我家老三叫树生。为什么叫树生？因为我堂客（老婆）生他的时候，难产，三天两夜啊，接生婆都摇头了。我急得吐血，两条人命，如何是好？我想到了树王。我跑到树王跟前，叩首，再叩首，“哇”的一声，老三落地。生了。母子平安。

故事听多了，木材商便也腻了，渐渐死了这条心。

三

难怪何树生对“宋楠”的感情比别人深。树生呀！

有两个儿子的何树生，特别想有个女儿。为这，他没少去跟“宋楠”磨:“崽是儿，女也是儿，什么时候送个女儿给我就好了。”树遂人愿，他后来真有了一个女儿。

女儿一出生，何树生扛着锄头兴冲冲去山上种了一株还愿楠，并给她取小名“楠楠”。楠楠和树一起长，长成栋梁材。大学毕业，楠楠进了广东一家大公司，之后处了个男朋友。小伙子人不错，家住井冈茨坪，是她的同事。共饮蜀水，乡情依依，俩人相见恨晚。国庆长假，小伙子带楠楠去见父母。谁知，一见，见出大麻烦。

麻烦不在小伙子，也不在小伙子父母。事实上，他们人都极好，处事周到，随和亲切。让楠楠受不了的是居住环境。原来，茨坪有座规模上万头的养猪场，离男友家直线距离不过三百米。

楠楠回家向父亲哭诉："闻着猪场那股臭气，心脏特别难受，胃也翻腾，刚想从水缸里舀一勺水来压压，突然传来一阵震耳欲聋的猪刨食声响，瞬间，有水变绿魔妖怪的错觉，吓得连水带勺甩出去好远，蹲在地上，吐了个天昏地暗。"

爱情被猪场的阴影所笼罩，楠楠闷闷不乐。婚事一拖再拖。

女儿是父亲的心头肉，楠楠不开心，何树生这日子过得一点也不自在。不自在的何树生，那个冬天，更加频繁往楠木群跑，整日整日地与"宋楠"耳鬓厮磨。楠啊楠，你看你多会挑地方长呀，咱们茶盘洲山清水秀的。何树生盯着树王看。风吹来，"宋楠"点头称是。

四

那是 2016 年的冬天。

就在那个冬天，江西河长制全面实行，两万多名河长在赣鄱大地踏起浩荡的春风。蜀水全流域实行"五头护水"，源头、地头、山头、岸头、户头，生态管护，一个都不能少。

蜀水源头在井冈山，流经茨坪，那个令何树生愁眉不展的万头规模猪场，尽管离河尚远，没有直接污染，但源头保护，防患于未然，井冈山市还是下大决心费大力气，将它停办拆除。紧接着，越来越多的违建物被清理，清河等专项行动一个接一个。菜地青翠，春梅初绽，油菜花顶着一片金黄，楠树的叶子绿得发亮。野牛在山坡上踱着悠闲的步子。它们甩动的尾巴，多像静默于旷野的河流中那些被鱼虾穿过的水草。治理后的蜀水流域，美得像一幅画。

楠楠很快出嫁了。

第二天，回门，老何选一块好地，让女儿女婿合种一株楠木。

种粒的释放、树苗的栽植，既是某种告别，又在酝酿新的希望。完工时，何树生瞧见了小夫妻的相顾一笑，眼泪“唰”一声，如泉涌。他自愿当起了巡查员，把河流、村庄当成自己守土有责的疆域，与河长们站在了一起。何树生明显感觉来茶盘洲旅游的人多了起来，村民手头的那些山货土货差不多全卖光了，生活越来越好。

昨天，何树生特别认真地在蜀水边上种了一株楠。问他原因，他突然有点不好意思起来。说，没名目，就是心里高兴。

此心光明，亦复何言。

02

叶若繁星

一

穿过五条长长的隧道，就是宁都地界。

振兴苏区，水利部对口支援宁都，近四年光阴，会有怎样一番崭新之景呢？车从最后一条隧道出来的时候，簇簇叶子披着绿在枝丫间抖擞，天地豁然开朗。

奇磊是省水利厅挂职宁都水利局的干部，没想到他首先带我去看的，竟然是山。

山是茶山，为钓峰乡万亩生态黄金茶基地所在。隔着车窗看过去，一座座山更像是一只只羽翼伸展又匍匐无声的大鸟。公路，坚实、开阔。汽车宛如林中巨鹿，这边一拧，那边一拐，茶山就此绵延。

“茶山层层入云海，采茶姐妹似天仙，茶仙本是茶山女，茶女传香遍人间。”歌声如溪水般清澈透亮。没有修饰的歌声，漫山遍野，在高低浓密的茶树中，冲过来，撞过去，如此荡人心魄。

宁都山地多，气候好，是早期客家的摇篮。由中原入山区，为求生存，客家先民们靠自己的双手在山上垦荒种茶，赣南茶事兴盛。客家人常常一边采茶一边唱着山歌。拙朴、简约到极致的山歌，有一种生命原始的力量，宁都慢慢唱成赣南采茶戏的一个戏窝子。

勾筒一响，喉咙发痒。生于斯长于斯的宁都人绝大多数是客家后代，谁人不爱采茶戏？

“从前介（的）春秀，就不喜欢呐。”大娘大嫂纷然一指，藏在劳作人群中的一个老妇人便又羞且“恼”了:“莫哇莫哇,艾（我）喜欢、喜欢。”

“春来采茶时日长，白白茶花路两旁。大姨回家报二姨，头茶不比晚茶香……”六十二岁的春秀也不扭捏，大大方方唱起来。满山茶树竖起耳朵听，如一群群调皮可人的孩子。

二

春秀嗓音好，她其实深爱采茶戏。据说当年她两口子就是在山头对歌对上眼的。

两亩薄田、三亩茶岭、一间旧屋，外加两个孱弱多病的老人，这是谢家所能给春秀的全部家当。对上眼，再穷也嫁，那是客家妹子血液里的痴情执着。

那时候，茶岭种茶，全凭劳力。体力有限，茶山其实荒芜大半。种茶依赖感觉，一点技术经验也没有，口感自然出不了彩，除了自家喝，也就没有更多的出路。

交通、通信等等都不发达的年代，窘迫的生活可以被很好地藏在深山里。深山里有泉水、山果、野味和喜欢的人，贫穷变成一个抽象的概念，却丝毫没有影响春秀的快乐。浅浅一片茶林，日出而作，日落而息，米粥白菜的穷日子，她觉得满足。

两个孩子的相继出生，让春秀开始感到困厄。客家人颇爱放鞭炮，尤其对添丁炮看得很重。哪家生小孩，特别是生下男孩，一定会买来若干盘硕大的鞭炮，放它个扬眉吐气。春秀记得很清楚，她第二个孩子出生，接生婆报喜："这次是个带把的！"门外，只有公公婆婆答谢祖宗的激动言辞，却没有欢天喜地、震耳欲聋的炮仗声响起。

这个家，竟然穷到连买一盘大鞭炮都是一种奢侈。

后来，外出打工的村人渐多，留在山岭田园的歌声日益稀薄。流动与开放，带来许多变化。正根家装了电话；二贵家盖了新房；三金家有了冰箱彩电，连衣服都有机器帮着洗；四喜揣部手机，生意越做越大……所有这一切，令春秀眼慌慌、心恓惶。

穷则变，变则通，通则久。春秀也想出去，做梦都想。她觉得自己有力气、能吃苦，出去也能像正根二贵他们一样带回来好生活。可是，偏偏她男人这些年患有严重风湿，干不了重活，出不得远门。客家女人疼男人，不忍心让男人一个人留在家里，扶老携幼做牛做马地遭罪，这个家始终无法迈出改变的那一步。越往后，过得越艰难。

年关或是春节，荷（钱）包鼓鼓的人家会轮流请戏班子来村里唱采茶戏。听到一出《讨钱歌》："冇（没）人有艾（我）咯（这样）寒酸，烂衫烂裤得来穿。石狮看到出眼泪，观音看到心都寒。"戏里戏外，春秀觉得唱的就是自己，她怅然起身，从此拒绝再唱一句山歌、再听一出采茶戏。

三

坎坷多少事，都在未言中。春秀把客家人骨子里的不甘消解在无边的沉默里，像个哑娘，一过三十年。

三年前的一天，扶贫干部以认亲的方式走进她家："钓峰引进浙江老板，流转荒山，种黄金茶。一点五亿的投资，三年要在钓峰建成生态黄金茶一万亩、茶叶深加工景观厂区及宁都中华茶博园五百亩，做有种植、加工、育苗、休闲、观光、茶文化传播功能的现代化农业基地。"

春秀沉默。

"黄金茶，黄金茶，古时传说'一两黄金一两茶'的茶。今年栽，明年采，三年可丰林。丰林后，亩产茶二十斤，每亩纯收入至少五千元。茶山一种，经百年，是子子孙孙都靠得住的聚宝盆。乡里好政策，贫困户按人头组织认购，人均一亩。"

春秀沉默。

"认购金不操心，老板统一垫付。茶山收效后，在分红里除。"

春秀还是沉默。

"做不动不打紧。你什么都不用管。栽、育、采、制、销，公司一条龙全包。"

春秀，始终沉默。她觉得扶贫干部说的话，像一个不真实的梦。她担心自己一开口，梦就醒了。梦，在春秀的夜里翻腾，她睁着眼睛看屋外的星星。不久，天亮了。

平整山地，修建公路，栽种茶苗，源尾村的荒山热闹起来。

梯田式的茶林层层叠叠，那个绿，真叫一个铺天盖地。

春秀常去茶山里晃，晃着晃着，有在大海里晕船的感觉，她随手抓了截比茶树稍高的东西扶着。一看，是根水管。旁边有人走过来，笑着告诉她，高效节水项目在施工，注意脚下，下山慢点。

春秀不懂什么是高效节水，她只晓得那个笑着送她下山的干部是省里专门管水的部门派来帮宁都老表脱贫的人。那个部门说是水利厅，人家说了好几遍她都记不清。她只觉得有个利字，就有吉利的意思。

春秀每天都去茶山看施工，她大体知道了这个项目的好处。赏（节省）工，赏肥，产量起码增加三成，关键口感更好，能卖高价钱。有一天，管水的干部递几个脐橙给她，说是从还安小流域生态脐橙园摘来的，那个园也搞了高效节水。

饱满的甜，一嘴清香，比从前她吃过的所有脐橙都好吃。

还真是不一样。春秀谢过干部，转身去了乡里，很快成为源尾村第一批参与茶山认购的贫困户。

项目完工那天，春秀强烈要求管水干部同意她来开总阀。管水干部一点头，她高兴得像个得宠的小孩。熟门熟路，她将控制高位水池的总阀轻轻一拧，水雾从若干管口漫溢，眨眼间，茶山湿漉灵动，像淋了一场春雨。

偌大一个基地就在家门口，老板开工就给村民事情做。锄草、施肥、培土、剪枝，都是轻快活，每天出工八九个小时，男人工资八十元，女人六十元。一年至少能做两百天。这三年，基地结算给春秀两口子的劳务费比她前六十年见过的所有票子都要多。春秀，终于摘掉穷帽子。

春分到清明，采茶高峰期，嫁到外村的女儿，也都会到这里当采茶工，照顾爹娘，还能赚好几千块钱回去贴补家用。而她儿子，正在改建新房子。春秀说，下地基那晚，她用老板送的黄金茶待客，自己也喝了一大碗。坐在门边，满天星子就在她的碗里发光，惹得叶子一亮一亮的，越看越有精神，越看越好看，一宿没睡觉。

四

茶山头年开采分红到账的那天，正好是春秀六十岁生日。

那天，春秀男人瞒着她请了一个三角班到村里唱戏。锣鼓一响，儿子女儿架着她就往祠堂戏台跑。当一身戏装的“名角”开场为她贺寿的时候，春秀哭得稀里哗啦，似乎把六十年所有的委屈都哭尽了。前来听戏的乡里乡亲，一边陪着她抹眼泪，一边宽慰她：“莫哭莫哭，从此，这好日子坐着轿子就来了。”

清风拂拂。春秀扶着锄头，一首接一首地，对我们唱她喜欢的采茶歌：“春风吹绿黄金茶，钓峰面貌一片新。茶山含笑吐芬芳，百鸟迎春叫不停。”“青山绿水显美景，茶山层层如天梯。映山花开红似火，蝴蝶双双采花蜜。”“左采茶来右采茶，金山银山采回家。茶丰果硕人欢颜，欢歌笑语传天涯。”

水浇灌了叶子，叶子滋养了生活。在一挥一洒、一高一低、一重一轻的劳作中，行行茶树似长龙列队，昂首向天，颇有威仪。三年建设，钓峰已然将乡、村集体及所有贫困户都纳入了茶山认购。三年丰林，无论集体还是个人都先后领到了黄金茶产业的股权分红。

脱贫不是结束，是钓峰新生活的开始。集体经济壮大后的钓峰正在全速推进乡村整治，道路，房子，自来水，统一排污设施，中小河流治理……钓峰还将建茶业专业市场，发展乡村旅游，做成全国茶业集散中心。

春秀从里屋取出一个大陶罐，揭盖，从罐子里抓了一大撮茶放进搪瓷缸子里。茶质细腻，茶叶嫩黄。搪瓷缸子洁白。开水好似开闸的河兽，汹涌而迅速地冲击缸底。叶子微微蜷了一下身姿，之后，毫无保留地吐出芬芳。

茶汤浓郁，呈琥珀黄，给人金贵和吉祥的美好感觉。轻啜几口，舌上粒粒滚动，一丝党参的淡苦，继而是麦与薯与板栗混杂的甘甜。

茶香升腾，由此及彼，山山岭岭，随风千万里。

原来这就是基地出产的黄金茶，一公斤最高能卖到六千元的黄金茶。

离开的时候，黄金茶叶子在洁白的搪瓷缸子里闪闪发光。钓峰，不也是美丽中国这棵繁茂之树上面，那一片闪闪发光的叶子吗？

03

海绵的魔法

一

这个春天，雨实在是太过眷恋这片土地了。我不知道自己选择一个雨天去萍乡采访，是不是有点存心：黑泥满地、逢雨必涝，连续下几天雨就能让居民“看海”可是它的顽疾，三年治理，几十亿资金投入，万一病症依旧，岂不是直接打脸？但想着是骡子是马，总得拉出来遛遛，也就坦然了。

出站打个滴滴，师傅瞟一眼我装雨鞋的袋子后，乐了，说：“别误会啊，真不是占你便宜，你拎袋子的样子跟我媳妇去年回萍乡的时候特相像。”

煤炭资源丰富的萍乡，是我国最早对外开放的地区之一，尤其汉冶萍工业格局，更是一举奠定它“江南煤都”的地位。安源煤矿工人是从煤炭中燃起的一簇火，火将中国工人运动和秋收起义策源地的牌子淬得锃亮。师傅姓赖，是煤矿工人的后代，退伍回来后以开摩的为生，工业城市，人来人往，收入还蛮不错。

2015 年 4 月某天，大街小巷都在传播一个消息：萍乡获批国家首批海绵城市建设试点城市了。赖师傅虽然与大多数市民一样，压根不知道海绵城市是个啥玩意，但瞅那宣传动员的架势，他预感这事挺大，最起码国家投来的 12 亿项目资金可是真金白银，就这，听说还只是部分，还有 PPP 融资啥的，反正按约 200 万的总人口平均，摊在每个萍乡人身上都可以披件黄金衣了。建设全域铺开，流动人口就多，那用车人数自然也就水涨船高，赖师傅越想越高兴，连着叫了好几声“海绵、海绵”以玩味。他以最快的速度买了辆十几万的车，跑滴滴。在他心里，这辆宝贝车可不就是一趟开往春天的地铁嘛。

赖师傅没想到，“海绵”对他生活的影响首先却是以另一种面貌开始的。说不清什么时候开始，地一段接一段被撬，路一条接一条不通，车里车外“尘满面，鬓如霜”，就算他是个资深路通，也实在不知道该怎么走才顺溜。迂回曲折、进退反复的次数呈几何数字增长，突然哪一天就有熟悉的客人半开玩笑半认真地建议他：“干脆改叫‘赖三趟’好了。”“赖三趟”，可不就是指着鼻子骂人吗？好像他是成心要在途中跑“三趟”、变相宰客似的。

觉得受到侮辱的赖师傅揣着怨气跑到海绵城市管理处找说法。管理处的同志跟他打比方：“城市好比一个人，海绵体就如同人的肺，假以时日，通过大小血管的畅通，整个萍乡地上地下就都能自由呼吸了。”下大雨时，能够大口“吸”雨水；干旱时，再把吸进去的水“吐”出来，这样的城市也太理想主义了吧？有这折腾劲不如多建几座山口岩这样的水库，好歹能把大江大河里干净的水调过来。“‘海绵’是一种创新，试点之初，确实会有些‘折腾’，因为没有任何技术可参照，怎样保证水渗得下去、收集利用得起来、水质过关？我们每天都在做试验。铺设的透水砖哪些渗水性更强，往往一次性用 5 个品牌同时比对……”管理处的同志似乎会读心术，可当时，赖师傅什么也听不进去，“上访”无果的他，觉得很挫败，一咬牙，带着妻子去了长沙打工。去年年底，妻子快临盆时他们一起回萍乡，居然都被惊住了。从未有过的清爽干净，从未有过的明亮生机。妻子把手中装雨鞋的塑料袋子往空中一丢的高兴劲，让赖师傅泪流满面。

二

四面繁花两相径，一池碧水月映楼。站在玉湖公园南广场的入口眺望，还真有这么种意韵从心底油然生起。且不说广场正中，端端铺陈一朵玉兰花的样子，单只看那些混凝土的地砖，红的、黄的、蓝的、灰的、黑的，色彩明快，线条跳跃，四下镶嵌，可不成了簇簇迷人眼的繁花吗？

湖面，披一层如梦似幻的雨雾。雨珠儿仿佛只悄悄在路面划过一下，便迅速不见了影踪，但是草坪、驳岸植物，却更见葱郁了。有男孩穿着彩色小雨衣，冒冒失失往左边亲水平台跑，边跑边“爷爷、爷爷”地欢叫。一尾小船从湖中心向男孩靠近，撑船老汉跳上岸，将男孩高高举起，原地打转，水花甩成诗意的圈。我留意到，男孩那双醒目的嫩黄色软底棉鞋居然没有一点湿渍。

老汉姓曾，是玉湖公园的水上保安兼保洁员。老曾形容萍乡水的流向叫“两边倒”，一边水往西经湘东流入湘江，另一边水往东经芦溪流入赣江，上游本就水少，两边一倒，基本上就没影了；

▲ 海绵馆远景（萍乡市供图）

都说江南水盛，南方雨多，可萍乡对"天降甘霖"从来只有望之兴叹的份，那种无奈正好比老天爷在天上哗啦啦撒大把赏银，而你却始终找不来一个装赏银的玩意儿。6、7、8 三个月，老天爷心情最好，撒起"银子"来真叫没节制啊！可萍乡因为水系不连通，"银"堆积成"海"。老曾家住老城区公园路某小区二楼，是内涝重灾区，一涨水，别说出门，连饭都做不了；水退之后，清理那些厚泥巴要好几天，苦不堪言。

一铲一铲往锅炉里添煤的时候，老曾的脸似乎比煤还黑沉，恨不得自己手里举着的是一杆大水枪，"噗噗"两下将锅炉胸膛里那份得意的笑给灭了。老曾的心似乎被黑烟熏出了一个大窟窿。当然，老曾对煤绝对没意见，他只是对大烟囱排出的黑烟感到恐惧和不满。烟雨同尘，烟是黑的，喝进肚子里的水慢慢会变黑吗？老曾就这样落下了心病，每天往锅炉前一站，他就觉得自己是个罪人。

心理学上说，但凡觉得自己有罪的，总会找一个精神偶像来请求宽恕、排遣内疚。老曾也不例外。他在他有限的认知里选中了一个人来治愈自己，那个人就是甘祖昌。农民将军甘祖昌领着萍乡沿背村的父老乡亲筑水库、建电站、修桥梁，办了数不清的好事。尽管不能像甘将军一般做大事，但有些事，老曾觉得自己做得到。1994 年，老曾辞去了那份使他内心饱受煎熬的工作，在珠海、深圳等地当水上保安。年岁渐老后，漂泊之感油然，加上两个小孙子相继出生，老曾回乡之念慢慢变得浓烈。然而，他又是犹豫的。这些年，习惯了有水相伴的日子，习惯了水浩天明的环境，很担心回“乡”后，那个被黑烟熏出的洞口又闹起疼来。

2015 年年底，行李满肩的老曾从车站出来与其说窝了一肚子火，不如说积累了一肚子委屈。地面坑坑洼洼，街道面目凌乱，这里封闭，那里禁行。要知道，这一次，他是下定决心要回萍乡啊，他实在没想到，萍乡就是以这个样子出现在他面前。

爱之深，责之切，老曾边走边在心里发誓，这辈子老死在外面算了。可公园路的样子让老曾目瞪口呆：路面是全新的，积水一点没有，也不泥泞，两边的红色地砖尤其显得喜庆。“咱们家的‘将军’原也还是没见过世面啊。都说这海绵城市的地砖能吸水，今天它却能吸人了。准备站到黑，是啵，还不上来？”他老伴在窗口探头喊话。自从老曾一意孤行辞工那天开始，他老伴就只叫他“曾将军”了。将军就将军吧，谁让自己崇拜甘将军呢。再说，普通男人能靠一己之力养家糊口，也算顶天立地了。

儿子同学小何来家串门。老曾听到小何跟儿子说，他这个教物理的老师要回乡当村支书时，心里“咯噔”一下，那么好的老师怎么就回家当农民了呢？是犯什么错了？“伯父，别担心啊。小何老师厉害着呢，我们好几个在外地发展的学生都佩服他‘做活水文章’的想法和眼光，一起投了约两千万元，随他回农村发展。”

我问老曾，何老师所在的村是不是东源乡的桥头村？这个村依托袁水河水系的综合治理，把村子的田土、山岭全部整合起来做成“自然资源超市”，划出一个个“特色柜台”筑巢引凤，村民可按自身擅长领域竞聘当诸如油茶、稻作、葡萄、渔业等各个合作社社长，是全省名气颇大的水生态文明村呢。老曾点头：“对对对，小何这孩子，心细，操心我回家一时半会不好找事做，特意带我去那里跑一趟呢！”“您怎么不去，宁愿守着这个湖呢？”老曾说：“离家太久，亏欠太多，我那两个小孙子，每天都闹着去玉湖公园玩，说公园好看、公园的沙子都是干净的白沙子，我自己也很喜欢这个玉湖。一举多得，多好啊？”

水是万物本源，家是永恒的牵挂，谁说不是呢？

三

来萍乡之前，水资源处的同志叮嘱我一定要到华能安源电厂去看看，说这个厂投资3600万元建成了江西省首个中水利用工程，每年取用芦溪县污水处理厂排出中水300多吨作为生产补充水，减少袁河水取水量200多吨。

还没到电厂呢，远远便看见一个大烟囱和两只长颈大肚瓶模样的建筑昂首向天，唱着抒情的歌。这是两座冷却塔，电厂要使用大量的冷却水给机组降温。而降温魔术就发生在这两座高约

160 米的塔里：泵将换热后的水送达塔顶，热水如雨一般落下，再被底下的蓄水池回收处理成合格的冷水给机组降温，循环使用。回想起在玉湖公园看到的情景：多余的雨水透过铺装透水混凝土，经过渗排管，流到下沉式绿地进行净化、调蓄，再流到蓄水池，完成了对天赐雨水的良好利用。原来，湖泊、道路、小区、公园、工厂，都可以被改建成大大小小的“海绵体”，这些大大小小的“海绵体”将整个城市变成容量巨大的蓄水池，雨资源在其中好好存收着，需要时轻轻巧巧一触碰，水瞬间就把生活给滋养美好了。

眼前的冷却塔，这座功德无量的大貔貅，似乎有了几分观音手里托举着的羊脂玉净瓶模样。我又将视线移向不远处的大烟囱。大烟囱，曾经是现代工业的代表符号之一，它在指向快速发展的工业社会的同时，也意味着一种视觉的暴力侵入，侵入我们十分熟悉且喜欢的田园时代。为了协调发展与诗意，莫奈曾用艺术手法，选择更妥当的时间段、采用更明亮的光线、于更巧妙的视角切入，很好地掩盖了大烟囱的粗野，让现代工业城市葆有美的效果。比如他在《阿让特伊铁路桥》这幅画中，将浓烟与云霞融合，于是，桥底下散步的人照样悠闲自在地散步，河道里划船的人照样自在悠闲地划船。而这会，没有艺高人胆大的莫奈，天也阴沉沉的，大烟囱呼出的再不是浓墨般的黑云，而是近乎雨雾般的苍白轻云。

海绵城市建设的实践像一场无声的风暴全方位洗礼着萍乡这座城市，曾经集体抵制小区改建的人正联合签名要求政府“不计前嫌”尽快安排实施，曾经怨声载道的群众如今一看到施工人员劳作就义务送水送西瓜送绿豆汤到他们手上；安源管道已由过去制造普通排污管向新型渗透管提升，一些传统陶瓷企业也将转为生产渗水砖。萍乡通过组建海绵集团、海绵基金、创建全国首个海绵小镇，打造集规划、设计、研发、产品、施工、投资、运维为一体的海绵产业集群，为海绵城市建设提供全套解决方案的同时，完成了自身的嬗变。

“我从来没有离开这里，但是今天我却是在回来。”这是诗人的话，也该是每个人对美好家园百转千回的情愫。一个粗犷发展的时代渐行渐远，一个幸福美丽的中国越来越近，越来越多的人走在回家的路上。

04

春风又绿江岸

我在地图上打量长江流经江西的样子：头倚瑞昌，身贴柴桑，膝曲湖口，足点彭泽，好一幅典雅雍容的睡美人模样。一条生命长河，千里万里奔流，千年万年滋润，不懂休养生息怎么行呢？

智者乐水，仁者乐山，中国古人乃至全人类，关于天地、艺术、哲学的思考，往往是从注目江河开始的。作为有生命力和活力的经济带的载体，长江，最根本的也是水，然而，那些年，太过狂热的开发，使得这条孕育中华民族、蕴涵中华文明的大江水体渐渐变坏、水质不断下降。谁会在龙须沟边上安居乐业，谁能在资源枯竭处谈发展？生病了的长江，如何能支撑起沿江子民对美好生活的向往？基于此，习近平总书记指示，要把修复长江生态环境摆在压倒性位置，共抓大保护，不搞大开发。

瑞昌是长江入赣门户。于瑞昌而言，近 20 公里长江岸线，是自然资源也是发展密码，是生存实体更是精神美学，近几年，瑞昌以“生态优先、绿色发展”为引领，强力推进沿江整治整合及生态修复工程，打造了一条集水美、岸美、产业美、环境美为一体的长江“最美岸线”。

上篇：与绿色同行

一

水鸟隐而不发，湖面坦坦荡荡。一簇细小而密集的白花从身披绿草之衣的泥土里生出，更大的一场雨跃入湖中，凝成飘飞雾幕，整个湖面泛出青铜般的光泽，仿佛映照过菖蒲、笔墨、朱砂、戏台的硕大镜子，庄严清雅。

这是长江另立门户的孩子——赤湖，它与长江母亲仅一堤之隔，那份密切关系与城市里父母子女间最好的“一碗汤距离”无异。长江的这个孩子，骨血里流淌着赤胆忠心因子，元末，陈友谅曾与朱元璋数次交战于此；1929年秋天，中国共产党在这里发动“港口暴动”，组建赤湖游击队，以赤湖为中心的根据地与岷山根据地连成一片，抗战期间，无数赤湖儿女壮怀激烈为革命。

新中国成立后，赤湖人民并没有躺在革命的功劳簿上坐享其成，而是迅速回归劳动自力更生，他们或面朝黄土背朝天，或绕湖追鱼顶流撒网。二十世纪八九十年代，经济大发展，如王开岭先生所言：“人类的成就正在不断地杀害大自然的成就，而且我们越来越多地只生活在自己的成就里。”赤湖沿岸出现了侵占湖面围网养殖的现象。起初是零星少许，后来围网数量越来越多，远远看去俨然“水上丛林”，仿佛一片湖水在举行葬礼。频繁的投食喂养，又使过剩的有机物沉入湖底，水质呈富营养状态，水体污染日益加重，周边群众怨声载道。

2016 年 1 月，习近平总书记在重庆召开推动长江经济带发展座谈会并发表重要讲话，全面深刻阐述了长江经济带发展战略的重大意义、推进思路和重点任务。是啊，鱼类逐年减少，美丽的“长江女神”白鳍豚功能性灭绝，江豚数量不断下降，江水浑浊，江流缩减，水中植物不能正常生长，没有一朵花可以好好开放，这样的长江，怎么诞生美？这样的长江，如何与中华文化浸润下的灵魂相呼应？ 2 月，瑞昌市委、市政府将市畜牧水产、公安、国土、水利等局及赤湖属地所在的白杨、武蛟、码头三个乡镇的主要负责人叫到一起开会，议题只一个：修复赤湖生态、治理长江水体，务必拔除围网。畜牧水产局的负责人向主持会议的市委书记郭小云递交了一份合同，是几年前局里与赤湖养殖户之间签订的湖面养殖承包合同，合同显示承包期五年，即从 2012 年 1 月 1 日起至 2016 年 12 月 31 日止。会议达成共识：法治社会，依法行政，既然合同期未到，湖面暂且按兵不动，而水库之水也是长江的源流之一，先集中精力治水库源头。怎么治？结合河长制，划定红线，全面退养。

到赤湖之前，我曾到南阳乡的石门水库看了，清凌凌的水，绿油油的山，宛若世外桃源。边上，有不少生意火爆的休闲山庄。休闲山庄的合伙人大体上都是曾经的畜禽养殖场场主，顺利转行的他们看着纷至沓来的游客，笑得畅快，说：“这才是理想的田园生活啊。”谁说不是呢？倘若人在水边，注意到的不是花香草香、日月星辰，而是扑鼻难闻的气味、蚊蝇满目的腌臜，怕是要辜负这江山自然的美意。

2016 年 12 月的一个夜晚，白杨镇连山村年近 50 岁的村民老周躺在床上，久久不能入眠。搁在往常，他一般是晚上 7 点多就入睡，第二天凌晨 3 点多起床，到自家水产养殖基地，开始捕鱼卖虾。

睡不着的老周干脆披衣而起，戏文里有句话，叫啥来着？对，山雨欲来风满楼！白天，政府好几个人郑重其事来家里送通知书，说是所有养殖户承包合同到期后不再续签，工作人员让他在回执上签字，表示知晓，他心里抵触，没有签。可不签，并不意味着不知道哇。

一个多月前，老周收到过好几张政府派发的关于赤湖退渔还湖的宣传单，当时他并没太当回事：水边人，从小枕着赤湖的波浪入眠，日子都过成模式了，能退到哪去呢？自己从 2009 年开始围湖，4000 亩养殖面积的投资可不是个小数目，每年光买鱼苗就要好几十万，老周潜意识里就不想把这事当真。再说敲边鼓、上警钟、广动员，以前也不是没有过，风头一过，该干吗还干吗呗，毕竟法不责众。

可眼下，这事，怕是动真格了！其实不用宣传，老周也觉得围湖不对、不好：水越来越差，老远闻着腥臭腥臭的，完全不是小时候的那个味；近处就更没法瞧了，浑浊不堪，像蒙了石灰的眼；自己可是很久都不吃自己养的鱼了，肉质木木的，寡淡得很。可老百姓嘛，关注小日子，到底是不乐意拆的，做这行，辛苦是辛苦，收益却很不错，围湖一停，围网一拆，好好一条财路给断了不说，还有那么多鱼苗投入的亏损，谁补？

没个头绪的老周，跑到赤湖边抽了半宿的烟。

▲ 九江大堤（池晓虹　摄影）

承包期快到了，老周暗地里向其他养殖户打听消息，他们都说：“没辙，找多大的关系都没用！”2017 年 3 月 3 日，工作人员老梁拎着一瓶酒，端着两个菜，到老周家里，说是来蹭晚饭，可老周心里明白，该来的终会来。酒过三巡，老梁拍拍老周的背：“周哇周，大势所趋，这围网，得拆，咱别想不开。任何事，多一分主动，就多一成先机不是？”老周知道老梁是个实在人，他打起精神看老梁递来的通知：凡 2017 年 11 月底以前签订拆除协议、主动配合拆除的养殖户按照合同面积给予每亩 100 元的劳务

补助、30 元的鱼苗补贴，对侵占水面、拒不退出的养殖户依法提起诉讼……老周端起酒，碰了碰老梁的杯子，干得很利索。

老周把原本可以卖到 5 元一斤的鱼降价到 3 元多一斤，用三个月时间快速处理了自家养殖的鲢鱼。随后，他拿着政府给予的一次性补贴 52 万元办起了生态养殖。生活并没有像他所担忧的那样停滞或后退，老周长舒了一口气。同村的老庚（同龄人）告诉老周一件新鲜事："就今天呐，市里以'侵占国有水面使用权'起诉了两户养殖户，这两家怕是要人财两空了，还是你明智啊。"

2018 年 4 月底，赤湖最后一批拆除物被搬离销毁，静立湖岸的老周沉浸在这声响里并深深地理解它，就像鱼理解水，人理解土地。千江有水千江月，万里无云万里天。老周注意到身边的每一个人，都在这一浪接一浪扑打过来的湖风中站立很久，他一点儿也不觉得孤独。

二

细雨微沁，烟云流润，船舶在风的最远处，化身为水墨画里的静物。我在梁公堤驻足，看江面高旷秀逸。昔日裸露的陡坡变为斜坡，一排排白杨、竹叶柳等树木绿叶披拂，人低头一嗅，依稀可闻青砖泥瓦的气息。

梁公堤位于码头镇东北，是江西修筑最早的江堤。码头镇，长江入赣第一镇，旧为吴头楚尾之地，名称由来已久，有谱志记载:“江右复行数十步，奇峰突兀者，则狮子山也，山之北有古刹，曰回龙庵，前多翠柳，其旁有一小岭，如龟临江岸，回狂澜也，世传此地纵横辐辏,其形如马,故曰‘马头’云。至清末民初因‘马’字不雅，加‘石’于左，遂成‘码头’沿用至今。”

瑞昌市长江河道管理局局长徐勋勋对码头的变迁感触尤为深刻。

他告诉我，1999 年，才 20 岁的他调入长江防汛总指挥部瑞昌分部（瑞昌市长江河道管理局的前身），参与境内长江岸线的堤防管理和非法采砂的执法巡查等工作。那时的码头是一座很安逸的小镇，安逸到使人忘记时间的存在，仿佛长江本身，动与不动，亿万斯年都在那里。这里的人善良友好，不管认不认识，只要驻足门前，主人一定会请进门，端上一杯茶解解客人的疲乏。江上虽也有一星半点采挖砂石的情况发生，但多半是当地居民自采自用，碰到了，不用开口，他们就会很自觉地放下工具，像做了错事的学生般羞涩愧疚地离开。

到2006年以后，非法采砂管控的压力越来越大。那时候，民间流传一种说法，说非法采砂来钱的速度是“特区速度”，以一条成本过千万元的采砂船——吸砂王为例，理论上，夜间8小时，不停有砂采，似乎不到一年就能回本。暴利产生罪恶，在巨大利益的驱使下，一些人置生死、法律于不顾，铤而走险，非法采砂行为时有发生。偷采一般是在夜间，夜晚的江面时常弥漫大雾、水气，拍摄取证尤其困难，认定非法偷采行为需要非法采砂船、运砂船同时查获，才算证据固定。但常常是当执法人员赶到时，非法采砂船早已遁水逃之夭夭，而留下的运砂船主拒不承认与“非法”有瓜葛，甚至一些偷砂户对执法机构进行“盯梢”，抓非法采砂就像“打游击”一样。

2012年前后，随着江浙一带矿产品企业关停并转，向内地转移，瑞昌矿产品资源丰富，又地处长江岸边，水运交通便捷，40多家矿山企业仿佛一夜春笋遍布山野。有需求就有市场，江上又冒出另一种乱象，不少非法码头也陆续出现在长江沿线。码头镇沿岸水深港阔，腹地平坦，搭建一座码头很便捷，只需一条四五百万的趸船，再配座钢引桥和皮带运输机就可“开业”了。这种乱象，虽经多次整治，但由于利益驱使，整治后易死灰复燃。以2元一吨的运输费计，一个码头每天装3000吨，1个月毛收入就有近20万元，这使得每次打击就像是坐上了一架两边重量严重不对等的跷跷板，整治时拼尽全力按下一点，很快又被非法码头业主反弹得更厉害，到 2016 年，仅梁公堤段就有 5 家非法码头 6 个非法泊位。

时值习近平总书记在推动长江经济带发展座谈会上强调要“共抓大保护，不搞大开发”，瑞昌狠下决心，吹响了沿江码头整治整合的集结号。

瑞昌市非法码头整治专项工作领导小组迅速成立，由新组建的长江综合保护局牵头抓总，发改、港口、水利、河道、海事等 20 多个政府职能部门参与，一场浩浩荡荡的非法码头“歼灭战”打响了，市委市政府主要领导多次亲临一线指挥调度，几百名干部日夜奋战在工作一线，摸底的摸底，排查的排查，动员的动员，宣传的宣传，整治的整治，督察的督察，各司其职，迅速落实。非法码头、泊位名单刚出来，在第一时间，供电部门断电；海事部门断航；矿山企业断货；截断装卸码头“咽喉”部位……

2016 年 5 月底，瑞昌籍 41 艘三无采砂船悉数切割完毕；

2016 年底，首批拆除 4 座非法码头；

2017 年 3 月，冲破重重阻力，仅用一个星期就把梁公堤收拾得一片干净；

随后，在 20 天时间里又一鼓作气将瑞昌余下的所有非法码头、非法泊位全拆了，共拖移趸船 27 艘、吊离钢引桥 19 座、皮带运输机 16 条，关停 10 家非法砂场。

无可奈何花落去，愁肠百结的非法码头的业主们，一方面痛恨自己当时被暴利所引诱，不顾一切押上全部家当，铤而走险搞抢建；一方面又盼望着政府能够宽大处理，给他们指条活路，都说靠山吃山靠水吃水，他们世世代代都依靠长江讨生活，会这样冒险也是生存的惯性思维使然啊。他们既害怕政府把船切割、把码头拆除，让成百上千万的钱打了水漂；又巴望着政府能早点出台一个好政策，只要不是一拆了事，该切切，该割割，该清清，他们一定配合。雨天污水横流、路面泥泞，晴天尘土飞扬、连窗户都不敢开的日子，别说周边居民，就连他们自己也真是受够了。

这些真实的心理，那些曾经的业主在采访时告诉了我；这些真实的心理，他们在与政府座谈时就已经掏心掏肺地一股脑表达过。徐勋勋局长告诉我们，相关部门与业主代表座谈沟通了整整一周时间，有好几次沟通从下午持续到凌晨。他虽语速平缓，可我能想象到这份静水深流的平缓背后曾经风起云涌的凌厉气势和剑拔弩张的紧张氛围。

生态建设需要久久为功。“绿色风暴”席卷过后，如何守护“绿色福祉”，让老百姓的获得感更多，幸福感更强？

下篇：与生态共赢

一

“冲天香阵透武蛟，满城尽带黄金甲”，赤湖沿岸，油菜花开，像亮堂堂太阳映照下的好日子般，耀目金黄。2019 年 3 月 24 日，第二届国际乡村马拉松赛事和油菜花节在武蛟乡如约举行，国内外 5000 多名马拉松爱好者和着春风，奔跑在金色花海，当天，观看直播的人次近 200 万。

武蛟乡三金村40多岁的老余，很有商业头脑，早早便在赛道终点摆了个摊，专卖他所经营的鄱阳湖水产品。在他斜对面摆摊的是他大学刚毕业的儿子。一个月前，老余塞给儿子一万块钱，让他去市里预租一个烧烤团队，几台架子、几个伙计、多少食材、多少一次性的餐具，琢磨得清清楚楚、明明白白。我问老余，赚不少吧。老余嘿嘿直笑，没正面回答，只说那天人真来了不少。

两年前的老余可是整天黑着个脸、笑不出来的。话得从2012年说起，那年，老余向亲戚们借款，学发了财的邻居围湖养殖，面积有1500亩左右。经过四年多时间辛苦劳作，借款还得差不多了，老余和家人正要摩拳擦掌再打一个漂亮翻身仗时，却接到赤湖要退渔还湖的通知，那一刻，老余的心都快要疼死了。他哭过闹过，甚至于像个泼妇骂街般地折腾过，短短半个月不到，掉了有小十斤肉。他告诉我，拆除围网那天，自己在现场，既痛惜自己的经济损失，又因前路迷惘而无比恐惧，一颗心比被一根根横七竖八竹竿搅乱的赤湖还要混乱，整个人摇摇欲坠，站都站不稳。

老余说，好在政府没有不管他们，围网一拆，就组织他们开会。会没白开，顺着政府的好政策，自己拎一拎，就拎出两条路来：一条是做熟悉的渔本行，加盟“鄱阳湖”品牌，在政府扶持下开渔产品专卖店；另一条是紧跟政府行动，搞乡村旅游。油菜花节、端午赛龙舟、国际马拉松赛、国家级羽毛球赛、省级跆拳道比赛……

老余说，油菜花节结束后，他一个人撑着船，从赤湖这头划到赤湖那头，又从赤湖那头划到了赤湖这头，一来一往，仿佛就拥有了从此岸到彼岸的经验。而他的儿子，仰躺在开满油菜花的长堤上，听扑扑簌簌的声响，那是蜜蜂在花蕊上点燃火焰的声响。金黄的火焰，如金子般的阳光，把年轻的脸庞照亮，把盛大的赤湖照亮，把一堤之隔的长江母亲照亮，把每一个江岸子民生生不息的梦境照亮。

“暮春者，春服既成，冠者五六人，童子六七人，浴乎沂，风乎舞雩，咏而归。”老余的讲述让我想起了孔子弟子曾皙所描述的生活情境。诗意地在大地栖居，再没有比这更美好的生活了。

二

云收雨散，江面清得很。油菜花从斜坡的草地上跑向江边，仿佛去梳洗。远山在白雾里冒一点头，如水深无澜里伫着的礁石。柳枝笔直垂下，像在江南的瓦上跳舞。在江边一家电厂行走，如果不是身旁有一条两公里的运输线在高速运转，我真以为自己身处江边公园。

运输线是密封式的，穿白色工作服的工作人员告诉我，里头运的全是煤炭。我很诧异，眼前的地面实在是太干净了，一粒煤屑子的黑迹都没有；而且空气那么清新，一点没有呛人的煤味，与印象中滚滚浓烟、污染严重的传统电厂完全是两个世界嘛。

接着参观的一家江边钢厂更是颠覆了我对钢铁企业的认知。景观园、中式凉亭、廊架、浮雕墙、鱼池、游步道、文化展厅、VR展厅、购物中心、服务中心、沿江堤坝生态园……连厕所都是园林小品的样式，钢铁工业的粗犷之美与江南园林的雅致之韵就这么神奇地融合在了一起。我留意到这里的每一个员工脸上都是如沐春风的表情，从他们身边经过，我仿佛听到长江的歌声。为了响应习总书记保护长江的号召，2017 年以来，这家企业投入 10 余亿元，全面启动生态森林旅游式工厂建设。园林化改造只是一部分，大气污染防治、粉尘治理、污水深度处理等一大批环保技改绿色工程才是重头。厂方向我介绍了好些措施，但名词都太专业，数字又太庞杂，我复述不过来，我只记住了“吨钢水耗明显下降，企业产值稳步提高”和“节能减排，清洁生产，确保流进长江的每一滴水都是干净的”这两句话。

不由想起之前地矿局同志向我介绍的瑞昌正在进行的矿山廊道运输建设。

祥瑞昌盛的瑞昌，有几千年工业文明的积淀，拥有距今约 3300 年的铜岭铜矿遗址。该遗址打破了中国青铜冶炼不过长江的论断，把中国青铜冶炼历史向前推了 300 多年，被誉为“中国青铜冶炼之源”。随着工业化和城市化建设的加快，矿产资源的需求总量更是持续攀升，146 处矿产地，7 类 31 种矿种，是瑞昌的金山银山。

长江生态的修复，不仅依靠长江本身，也不仅仅包括长江流域的水系，而是一个系统庞大工程，有没有一种新的工艺，可一揽子解决矿业开采运输环节中凸显出来的道路安全、粉尘污染、超载、交通堵塞、道路损毁等群众反映强烈的突出问题，从根子上保障出行安全、降低粉尘污染、节约运输成本和提高企业效益？

总投资 5 亿多元的瑞昌“绿色廓道”已列入 2019 年市政府重大投资项目工程。我相信，不久的将来，瑞昌港区将实现作业区全封闭破碎矿产品，集中收尘；加工区到码头全封闭输送；开采工作面务必喷雾抑尘；裸露地块全面复绿；路面定期洒水、保洁……金山银山与绿水青山合体，生活将被江水浸润。

一缕江风从电厂堤坝那片高大的绿树间蹑足而来，带来梅雨季节残留的湿气。钻石般的太阳在江面投下长长的光影。扳罾的渔民、起落棒槌的妇女、奔跑尖叫的孩童、脖颈搭着毛巾的垂钓者，随意打量着远山近水。我在江岸，折了根嫩藜蒿，轻咬，清香满溢。

三

瑞昌位于千里黄金水道长江中游的南岸，这一段江流向着南岸切割，江面平均宽度1100米，平均水深约13米，是上能通汉渝、下可达宁沪的深水良港。江西最大的台资企业、最大的港资企业、最大的澳资企业、最大的造船基地，中材集团、大唐集团、华润集团、华电集团……众多企业因港口资源而来，这片小土地“藏龙卧虎”。

“不搞大开发”，并非意味着“不开发”“不发展”，而是要探索一条“生态优先，绿色发展”的新路子。瑞昌的发展离不开港口，非法码头整治的关键不在拆，而在于如何优化岸线资源，实现从粗放经营到集约利用的转变。专项整治后，瑞昌请专业评估公司对有部分手续的小散码头、完全合法的码头进行资产评估，2017年9月1日，组建长江港务有限公司，依据法律条款，吸引符合条件的、自主意愿强烈的小散码头业主按比例参股；对不符合条件的非法码头业主，不间断通过各种方式做思想工作，积极引导和帮助他们转型。总经理邓立新回想组建前那一周时光，感慨万千。市里大大小小一帮领导像打了鸡血一样，干劲冲天。他们步行，沿长江岸线的泥地、水坑，深一脚浅一脚地认认真真走，仔仔细细看；之后，手拿全市港口总体规划，乘船又沿长江岸线跑一遍。巡查结束，立即座谈，确立了“黄沙向东、矿石向西”整体布局，将沿江符合条件的小散码头全都整合，即全市只一个矿产品通道和一个砂石通道；公司投入近5亿元打造绿色港口，对沿江码头、砂场，按“综合评估、核定资产，国有控股、有限合伙，深度整合、市场运营”的方式，统一经营、统一管理，节约岸线资源的同时，极大地提高了装卸效率，当年年底股东们就拿到了分红。

悬在每个人心上的另一块石头终于落地了。

苏瑞码头，位于码头镇黄砂村东侧，是与长江北岸的湖北武穴来往运输货物和人渡的重要通道，过去肮脏凌乱、拥堵不堪，每年汛期，是管理者刘威最发愁的时候。他说:“过去，长江水涨，瑞昌只有几个高位码头可以出货，大家都挤在苏瑞，为了出货等上四五天都是常有的事。而货物一多，一些码头就擅自提价，有时翻两三倍。江上江下一片混乱，人心都跟着污浊了。而现在的苏瑞，港清山河净，水美江山美。看到这曾经的‘马蜂窝’变身‘江山图’，我这心呐，舒畅得很，他们都说我年轻了不少。”

长江公用码头，河岸一株高大的合欢开满了彩扇般的花朵。一艘集装箱货轮已经靠泊，大型门吊机正在不停作业，将那些木材吊运上来。这是去年新加盟瑞昌华中国际木业产业园的央企中林集团在装运，江董事长说:“瑞昌港区的丰厚资源，促进了产业园的发展！所以，中林来了。”紧随中林集团而来的，还有瑞翔生物，这是一家专吃锯屑的环保企业，能通过先进环保工艺将180 元一吨的锯屑摇身变成 3000 元一吨的无烟无味无毒的机制炭呢。

一条船沉潜而至，发出持续低沉的引擎声，声波振动着水波，水珠弹跳不止。前方，水正用温柔的手掌慢慢摩挲着另一条船已然吃饱的巨胃，笑着看它从容而行；后面，四五条船缓缓而来，船头堆拥着围脖似的白色浪沫，像赴一场盛宴的贵族。

静穆庄严的河道，碧波漾漾的水体，绿荫俨俨的岸坡，让人觉得真正的永恒，是大江淌过的时间。

千山同脉，万水归宗。

春风又绿江岸。

05

江河之上

江西以江为名，依水而兴，“襟三江而带五湖，控蛮荆而引瓯越”。赣江、抚河、信江、饶河、修河，五条河流，养育了4600多万江西儿女；鄱阳湖，碧波千里，滋养着16.69万平方公里的赣鄱大地。许多城鲜活在水里，与江河湖泊一起，生生不息，源远流长。比如，景德镇有昌江水、浮梁茶、高岭土。比如，开展河长制采访的过程中，我所遇见的玉山、于都和靖安。

一

“冰为溪水玉为山。”玉山，置信江之源，是东部入赣第一县，素有“两江锁钥，八省通衢”美誉。那一天，三清广场，七河河长庄重持旗，打响“净水”保卫战。时光向前，我们能否照面心中怀想的玉山净水？

寻访从初抵的夜晚开始。

七里仿古街沿冰溪河而建。冰溪是信江源流之一金沙溪河流经玉山县城的一段，水势开阔又平缓。四野茫茫。那里的河堤、房顶、凉亭，甚至门窗、墙壁、台阶，正呈现一种青色的、湿润的光。久看一会儿，会明白，那铺陈天地的青色、湿润之光，全都来自河上，是漾漾水波折射出的光芒。水波是黛青色的，透彻，有石青的质感，是一种非常宁静致远的颜色，让人想起星空与月亮之下的大海。

沿街十里，檐角高悬的红灯笼，是蜿蜒柔媚的另一条长河，有暗暖的火苗在此间跳动。不禁想起桨声灯影里的秦淮河来。但这里没有脂粉的暧昧，没有歌女的惆怅，也少有交织往来的舟楫，澄静以弥漫的方式存在着，分明又比秦淮河多了几分清雅。

玉山将七条河流、一百多座水库及大小山塘全部纳入“净水”之列，分段确权划界立碑，实施河长制，不允许工业废水和生活污水直接向河流排放。“制”落实在“治”上，人人都是“生态玉山”品牌的维护者、宣传者、监督者。

漫步沿河路，河边散步的不少居民，两手都不闲着。他们一手提着塑料袋，一手高举着手机，看到沿河有垃圾立即弯腰捡进塑料袋，发现河里有漂浮物或水有异样，赶紧停下脚步，拍照。耐不住好奇，我上前问询，拍照是要做什么呢？被问的居民有些腼腆，让我自己看。原来，他是一个村级河长，正将拍下的照片上传到河长工作群，一来通知保洁员及时打捞，二来提醒村民不要向河中倾倒垃圾。

河长向前巡河，他的背影，像版画，像剪影，从河边走过，汇入更广大的人群。心一动，眼神一闪，那些映在水里的乌云，悠悠晃晃就走散了。月色溶溶，银光流泻一地。为了“净水”，治污、除渣、清淤、保洁、水库退养、河道治理、生态美化等各种专项整治，玉山一场接一场地做着。拆除占用河滩的违建房，种植三叶青等净水植物，关停毛家坞水库库尾非法煤矿，投资整修全县截污干管道……一桩桩，一件件，啃下来的全是硬骨头。

人类努力付出的，大自然一定会忠诚记录并回报以秀美山川。我愿化身一尾欢喜的鱼，一颗禅意的小石，甚至一株丰茂的水草，沾一沾玉山的雅！

清晨，微雨，我站在三清湖坝上。

那样一片水，盛大又温婉，是青山天然圣洁的床。那样一片水，生动而羞涩，是大地透漾着秋波的眸。雨，与每一个毛孔亲近，丝一般，温润如玉。细细的雨丝渗入泥土，很多草从石缝里钻出来，人似乎能听见田野的呼吸、种子的萌芽和生命拔节的动静。

快艇轻盈前行，如鱼入海。浪，腾起碎碎的温柔。人立其间，看白鸟蹁跹，看水花归隐，宛若乘时光之马驶向风平浪静日子里的海。水珠亲吻人的脸，再密密匝匝润湿着喉腔。湖区管理局的老邓自豪地说："且喝着，常年一类水质。"当水润喉的那一刻，我们已然真切领略到它的纯净甘甜。

一座大型水库，在景区三清山脚下，水质却常年达一类水标准，这真是个奇迹。老邓说，奇迹的发生，在于三清湖的保护者——各级河长。去年此时，这里连片扎着好多个钓鱼筏，全是趁夜强行违规搭建起来的。不止钓鱼，吃喝拉撒全在水上，各种垃圾，脏乱不堪。管理局和这些钓鱼筏的主人交涉，要求拆除钓鱼筏，可他们根本不当回事。三清湖水质，一度降为二类。

水质下降，心里着急呀！奈何一次次交锋，总是收效甚微。多亏实施了河长制，从县委书记到基层村干部，三级河长上下拧成一股绳，统筹多部门联合执法，利利索索，很快将违规搭建湖上的钓鱼筏全部拆除。之后，又将库面划区块，清理湖内垃圾；颁布行政命令，湖区不得有破坏森林、水质、土地的行为发生，不得沿湖建房；在紫湖镇修建污水处理厂……三清湖一类水质又回来了。

快艇还在水上前行。骤雨初歇，天地如洗，水底攒动着青春的鱼群，流畅的鱼脊温柔了山河岁月。“陌上花开，可缓缓归矣”，一个梦一般的场景。

挟一身清新气到食堂用餐。粗瓷碗里盛装着管理局自己养的鳙鱼，吃一口，鲜味瞬间在舌尖绽放。随后端上来的水芹菜、嫩豆腐，滋味不是别处能比拟的。这里的人，无论年长年幼，脸上都洋溢着一层水气，一笑，耐看得很。山青如玉，溪碧无尘。在玉山，吐纳和感知的，都是一类空气一类水，我很想在这里生活、浸润，感受心向自然的气质。从来，心向自然，才是生命的最高本质。

二

于都，早称雩都。虽然知道取名为“雩”，其本义是因为北有雩山之故，但每看这“雩”字，总忍不住作“雨亏”之解。“雨亏”两个字，令爱水的我倍觉沮丧：雨亏不就是少雨吗？少雨之地，水能成大势？一个地方，无水之大势，小到人的格局、胸襟，大到社会经济、文化等发展，能腾达到哪去呢？

城关，贡江镇，于都河绕城而过。河面宽八百余米，恢宏辽远。水流却平缓。极目望天舒的样子，很好地诠释出“红军不怕远征难，万水千山只等闲”的豪迈气度。要知道，当年中央红军近十万人选择在这里，迈出举世闻名的长征第一步，此地必须是收得拢、撒得开、突得快的开阔地域呀！不然，队伍迅速换防、集结、休整等如何有保障？

此刻，太阳不再是峥嵘岁月里的金色大鼓，它只是一面蔚蓝色镜子。河流是妆台。小仙女们娇笑着，揽镜贴花黄。挨挨挤挤，不知是当中哪个，一失手，镜子坠落凡间。镜面碎在妆台上，粼粼铺闪着一层，那夺人心魄的好看的光，仿佛蔚蓝色的大海一样。

一条船，停在海中央。是于都水上环卫所的打捞船。十四名深谙水性的渔民，经公开招聘后组成打捞队，保河水清洁。

队长和舵手在船上。其他十二人，六对夫妻档，每对合撑一条竹筏，分散在河面。我靠近当中一对年轻夫妻。男人撑筏，女人打捞，默契完成，相视一笑，说不出的柔软温情。他们说，六对夫妻分河段包干，巡捞完可收工。收工，也不回家，又双双一起划着渔船，打河鱼，换好生活。一条船上的时光，就是一条心的日子。天高地阔，干净的水映着纯净的情。

“哎呀嘞，红军哥哥你慢慢走嘞……”歌声飘过，江水长流。一份质朴浪漫在大河深处绵延弥漫。战争年代离散远征，换如今儿孙幸福相守，这是革命最好的馈赠。岸上，“长征第一渡”碑，静默。

沿健康步道慢慢走。身边，一些花，旁若无人地开着。高低参差的树木给了花任性的空间，仿佛人世间男人对女人最深的宠爱。更广阔的滩地上，是若有若无的草色。打太极的老人，遛狗闲谈的女子，甩着头发奔跑向前的青年，有着红苹果般脸蛋追闹着的孩子……他们以各种姿态打开巨大的未来。

沿河，有不少楼盘，若干小区一排排向远处绵延。当地的同志告诉我，河两岸的房子卖得特别火，许多没买到临河小区房子的人，正千方百计通过各种渠道，要购二手房。想来人对水的青睐是与生俱来的，靠近美好的水，大概就意味着人生从此有了源源不竭的希望、财富与福寿安康吧！

美好的水，是关键的推盘手。河长制实施以前，这一带的开发商都快愁死了。几条江到县城合成一条河，河面宽，垃圾量大，两岸环境真不咋样。尤其是马子口那一段，居民多，乱排乱倒，加之入河口那一截子特别窄，河流没办法自我净化，气温稍高，恶臭熏天。一入夏，苍蝇满天飞。河长制推行后，县委书记任总河长，一龙统领，各方出力。清河行动，岸坡整治，景观工程，打击非法采砂，成立水上打捞队，建设垃圾处理厂……河畅，水清，岸绿，景美，一盘棋活了，房价节节高走，房子转眼销售一空。于都一江两岸的宏伟蓝图，无阻力地全速推进。

好的生活总是同微风、草木、流水息息相通。起风了，山花、野草和蜂蝶们混合出来的芳香，吸入肺腑，使人心生感动。

靖石乡。屏山牧场。高山草甸。

云雾像着白色软甲的战士一般，蜂拥上来，山峰被围得水泄不通。呼吸山顶洁净的清气，人仿佛换了一个心脏。两旁有许多树，都似青杨伟岸。树木不像草地，年年割年年长，如于都这般，限制砍伐，才有这树林繁茂。

人离牛群远些的时候，牛好像在嗅大地的气息。它们不慌不忙，仰起脸来嗅一嗅，又垂下脖子闻一闻。当我走近，人便成了牛群眼中一个莽撞的休止符，似乎蛮横地割裂了牛与大地的摩挲、亲密。

木制水车吱吱咕咕地转动着，声响大概是阳光流泻的声音。慢慢转，一圈又一圈，时间过了很久，久到似乎身边的草木衰败又葱茏。并不清晰的意识中，我将自己和那些牛群等同起来，享受并争夺大自然的庇护。这感觉，多么奇妙。

靖石乡依托好水屏山全境打造景区，黄沙村十里桃花景观带

▲ 鄱阳湖水系之修河．潦水之滨（刘湘宁　摄影）

建成，将与靖石村农耕体验园、靖樟村康养归隐谷遥相呼应，立体展现靖石特色旅游小镇的迷人风采。

罗坳镇。三门餐厅，上过央视美食栏目《舌尖上的中国》。开张二十余年，生意一直红火，几乎每天都有近三百人次慕名来此吃鱼。笑问老板李金权餐厅红火的秘籍，他拍拍肩上小孙子的背，说，也没其他，只是水好，鱼好。

三门餐厅采购的鱼，全都是河鱼。十里河排，群山微笑，河

流，炊烟一般缭绕。水好，鱼就鲜。更难得，是这李老板，店再大，也不欺客。他长期从固定合作的渔民手里买鱼，收购到了，用山上引来的泉水，养着。若收不到鱼，客人点单时，他据实相告，从不以次充好。心地如水淳良，赢得越来越多回头客。

河长治河水更清，流金淌银，越来越多的村民加入鱼餐饮行列。一个有着近三十家鱼馆的三门渔村声名鹊起，喜迎八方来客。

三

“虽为千家县，正在清华间”，唐宋八大家之一的曾巩这样盛赞靖安。靖安县，位于江西省西北部，森林覆盖率达84.1%，被誉为长江中游城市群的最美“绿心”。

双溪镇，北潦河，河北村段。一只竹筏匀速撑来，河面生起稻浪般的碧波。最醒目的，是那个着橙色救生衣，站在竹筏上打捞河面垃圾的人。风吹浪打，闲庭信步，不只是伟人才有的气度，专注做一件事的凡人也常有。

吴春生，是这个河段的保洁员。不管天晴下雨，每天巡河保洁至少两趟。雨势渐大，河面看着也干净，叫他上来。他却不肯，说：“还没结束呢。雨大，冲刷大，垃圾更得抢着清，不然，流到别的河段，让人家受累，还落个‘没素质’的坏名声，不好。”他拧着身子将竹筏轻巧一撑，手轻轻向后一摆，转眼，人和筏子去了别处。

每个周末，巡查员王启明的老婆孩子都会跟他一块巡河，捡拾垃圾。低头抬头间，能碰到不少拎着垃圾袋、握着火钳的父老乡亲。相顾间的会心一笑，将一种情怀拓在万古不息的江河之中。

在我们居住的地球上，河流和生命是相伴相生的奇迹。再大的家园最终都会具体到一座城、一条河、一个人上。说河长制是一场保卫河湖的人民战争，不为过。河长也是普通人，没有三头六臂。“靖安是我家，人人是风景。”一封信、一份倡议、一场河长制主题诗会、一次“小手拉大手”活动……宣教如水，润物无声。

马尾山村，河边石砌的亲水平台上，正当年华的女子，在浣洗衣裳。衣物一抖一浆，盎然的水气饱满了女子光洁的面庞。她们的笑，让天地变得温柔起来。河边的树下，一位父亲正在跟儿子打电话，商讨儿子是否回家乡创业。儿子说:“考虑啥，这两年，马尾山的水更清了，环境更美了，做梦都想回来，守着父母尽孝，守着山水发财，守着诗意栖居，这才是真正的幸福。”山岭梯田、古树庄稼、老屋炊烟、溪水鱼虾……马尾山村的缕缕乡愁，正在被全面铺开的河长制所唤醒。

河湖是流动的，水的问题表象在河湖，根源在岸上。河湖管护创新，要抓住“牛鼻子”。河长制首先要解决谁来当家长的问题。靖安全县编织起一张覆盖所有河湖的责任网：县委书记任总河长，设县、乡、村三级河长，配巡查员、保洁员，合力治水。

此外，河长们把河道当街道管理，把库区当景区保护。库区实行一河一策，县乡村组联动，形成了横向到边、纵向到底的巡河保洁制度，还创建了“靖安县河湖办易信群”，推行“互联网+河长”监管模式，易信晒河，高效处理问题。关停采砂场、关停木竹加工企业、陆续拆除违章建筑、养殖场……一场“清河行动”席卷全县。

水，滋润万物，企业也和人一样，需要好的水生态环境。在靖安，河长制倒逼产业转型，成了经济强大的助推器。分管领导介绍，以前养猪业排污多，现在新发展的生态养殖场，有净化池、沼气池，通过循环经济基本实现零排放。水库现在人放天养。大多散养户退养后，逐步到园区就业或转型做旅游业。仅2016年上半年，县旅游综合收入8.57亿元，同比增长50%。目前，全县已建成80多个民宿文化点，吸纳800多农户入股，由此产生的旅游综合年收入超过13亿元。

高湖镇，葱郁的山峰掩映着已建成的农旅、医养、康复一体的综合性园区；双溪镇曹山村，投资13亿元的东百源生态养生谷正在施工；宝峰镇，很多外资企业争夺“生态蛋糕”……靖安的很多乡镇，都尝到了河长治河的甜头，河长制带来的生态红利也体现在村民悄然饱满的钱袋子上。思路一新天地宽，当生态系统质量提升，绿色产业体系建立，人居环境明显改善，“好生态钓到了经济大鱼”，谁还会愿意破坏自己心中的桃花源？

从“望得见山，看得见水，记得住乡愁”诗一般的语言，到“绿水青山就是金山银山”的朴实观点，再到“每条河流要有‘河长’了”的欣然感叹，道尽习近平总书记构建百姓福祉、实现中国梦的赤子情怀，彰显总书记一以贯之的“生态优先，绿色发展”执政理念。

家园，是每个人的安身立命之地。风景，是江河之上的世道人心。建设富裕美丽幸福江西，说到底是在经济发展、生态美丽的基础上，构建幸福与诗意，让乡愁有一条抵达的路。

06

望月满仓

丰水一片，枯水一线，上承五河、下通长江的鄱阳湖，受长江水位、湖体水位及江西境内五大河流水位的互相影响，成为世界上江湖河生态系统最为复杂的湖泊，有岛屿数十座。

在鄱阳湖南北向中心、东西向最宽区域处有一座四面环水的孤岛：棠荫岛。棠荫岛，面积不到一平方公里，由四座土石坝连接多处湖岛山丘组成，是一个四通八达的湖体门户，江西五大河流中，除修河和赣江西支外，河水都要在这里汇集、传输，宛若鄱阳湖的肚脐眼。基于此，旨在全面监测鄱阳湖水文生态过程、研究气候变化及人类活动影响下鄱阳湖水的变化规律的鄱阳湖水文生态监测研究基地建在了棠荫岛上。

我数次上岛，在岛上认识了一些人，在这些人身上，我强烈感受到：时间不完全是线性的，它会折叠，折叠在一个又一个很小、很小的空间里面。我特别想还原时间的另一个样子，然后，理解并最终寻找我们向往的更为美好的生活。

一

惊蛰。春雷滚滚。

雷是天地的闹钟，一闹，人、鸟、虫、鱼、花都醒了，各自忙活，到处是春天噼噼啪啪的声响。小吴把快艇停在周溪码头，招呼我上船，说是得赶在大雨前到达监测站。

监测站建在棠荫附属孤岛——蛇山。几年前，我在一个青年专题报告团会上听小吴讲过当年的蛇山。当年的蛇山，是一座荒岛，没人没水没电。小吴和同事挤住在施工单位临时搭建的工棚里，喝水直接从湖里抽，放点明矾就对付了；吃饭，在小土坡上支着锅子自己弄，一周外出一趟采办食材；用电呢，全仰仗施工方 3 台发电机，灯亮着时，蚊子兴奋，跟下雨一样；晚上九点一收工，世界顿时漆黑一片。蛇山，蛇多，螃蟹般横行无忌，目中无人。每个人身上，贴胸口的地方，都得揣至少一包解蛇毒的药，行军床边都放着一根碗口粗的棍子。有天中午，小吴支着手打了个盹，被梦魇激醒，一睁眼看到一条蛇盘坐在跟前，吐着红信子，他魂都吓没了。好长一段时间，这条红信子成了他挣脱不了的最大噩梦。

小吴的家乡在抚州市宜黄县棠阴镇，这个镇是江西省历史上四大名镇之一，至清乾隆年间最为昌盛，“五里长街，商店栉比；十里河埠，商船云集；三万六千烟火，九岭十三巷”是当时繁华景象的真实写照。而棠荫水文站，自 1957 年建站，在江西水文人眼里就跟清朝的“宁古塔”差不多，没有多少人愿意去，许多人一辈子也不愿意去。2009 年，棠荫站长调任，职工人人思归，急需一名新站长，局领导从机关到基层，几乎挨个动员了一遍。被动员的名单当中没有自己，别人山呼万岁，可 80 后的小吴不一样，他渴望挑战，渴望青春奋斗的激情，他主动找局领导说：“我想去。”4 月 1 日，他收拾行李去了棠荫岛。

一帆风力如飞疾，千里湖光似掌平。春天的鄱阳湖，烟波浩渺，水势茫茫，两排白浪在艇后呈“八”字形展开，像两卷大帆。半个多小时后，蛇山小岛出现了，有一处地方闪闪发光，晃得我眼睛都有些睁不开。这是一栋现代感极强的建筑：红色圆顶，玻璃外墙，棱角分明，球体造型将光线反射开来，像岛中即将升起的太阳，如是夜晚，恰恰一轮满月升湖面。

推门时，我注意到小吴的手有意在玻璃大门的门把上停顿了十秒。他说，来站上十年，其他苦都不在话下，最难抵抗的是轮值的孤独，每个月，十五天，一个人守着一处岛，整个世界只剩下你自己，所以习惯了每次在推门时都停一会，这样，玻璃里自己的影子无比清晰，看着像是站上有两个人。轮值时，小吴喜欢驾船巡湖，静如止水的鄱阳湖在船桨的作用下不断摇动，亿万斯年的沧桑变幻开始在心里慢慢发酵，灵魂似乎得到超脱。小吴常常看到一道优美的弧光在眼前一闪而过，他想象那是鄱阳湖神的身影。孤独的世界，太需要那样一束光了。光，能援引年轻的小吴守下去，坚守下去。

二楼，清一色的进口设备。这台是监测鄱阳湖水的 pH 酸碱度的，那台是测算溶解氧的，还有电导率、浊度……小吴如数家珍。郭章亮、欧阳千林、刘鹏，高学历的“85 后”“90 后”，一批接一批地来到这里，解析鄱阳湖密码，其中《DF 活体浮游植物及生态环境在线监测系统在鄱阳湖的运用》课题的顺利验收，填补了我国大型湖泊藻类在线监测的空白，位列全国大湖水质、水资源、水生态研究的最前沿……小吴一脸骄傲。

只要一个人在室内操作仪器，就能很快得出关于鄱阳湖的 26 项指标数据，这在过去想都不敢想。二十世纪七十年代，棠荫水文站曾开展过一个名为风浪实验的课题活动，目的是测量风速在水面上的梯度变化，与陆地上的风速变化进行对比，从而计算出两者之间相互转换的一个参数。为得到数据，老站长曹儒珍带上一名技术人员在十级台风到来之前，乘船来到有“风窟”之称的储溪河口。那片水域内有一个航标塔，他们把塔中间一个距离水面 5 米、面积不足 1.5 平方米的空格搭成棚子，各自在腰上系一根手指粗的麻绳，另一头在塔上绑成死结，就算做好了全部的安全措施。那一场台风整整持续了 36 个小时。测量、取样、记录，他们弯着腰、勾着腿、弓着背，在狭小的空间里整整工作了 36 个小时，连正常伸个懒腰都是一种奢侈。

经过一间敞开门的员工宿舍，我发现床头上摆放着六本书：三本水文专业书，一本《金刚经》，一本《三国志》，一本《瓦尔登湖》。

春雨如约而至，草木又添生机。

二

小暑。水草丰美。

我在基地找了个遍，只撞见一地繁花，却没看到老陈，基地的同志告诉我，老陈肯定在棠荫村里。

棠荫村是个人口不足千人的小渔村，多数为段、王两姓，以捕鱼捞虾为主，兼营运输。相传鄱阳湖蚌神之女棠荫，因爱恋打鱼郎王小庆，下凡与其成亲。财主段黑子欲霸占棠荫而做坏事种种，棠荫遂出“换妻”计。成婚当晚，棠荫借洗澡作法，王小庆遵嘱带着乡亲们赶到，拉住棠荫锦袍，很快，财主一家葬身湖底，而其余人无恙。这锦袍所覆之地变成棠荫岛。

顺着棠荫大道往村里走，砖混别墅，整齐漂亮；农家书屋，雅致温馨，间或有一两幢青砖嵌木板的房子，叙说古朴。老陈背着手，站在村委会的操场上。有两个小姑娘仰面承光，背着语文书：“阳光就像金子，洒遍田野、高山和小河。田里的禾苗，因为有了阳光，更绿了。山上的小树，因为有了阳光，更高了。河面闪着阳光，小河就像长长的锦缎了。早晨，我拉开了窗帘，阳光就跳进了我的家。谁也捉不住阳光，阳光是大家的。阳光像金子，阳光比金子更宝贵。”饱含水气的声音，仿佛另一种阳光。

老陈是2010年从景德镇调过来负责基地建设的。坐见山川吞日月，杳无车马送尘埃。棠荫紧邻鄱阳湖东水道主航道，报到那天，乘船出发的老陈颇有些激动，自己正在走着的可不就是水上丝绸之路的起点吗？当年，岸上帆樯林立，湖面百舸争流，江西最好的丝绸、中国最好的瓷器从这里走向世界。无限阔大的世界。他一直记得老厅长和大家一起挤小木船去棠荫选址的样子，一直记得老厅长站在摇晃的船头吟诵的那两句诗：“寄蜉蝣于天地，渺沧海之一粟。”“哀吾生之须臾，羡长江之无穷。”人活一世，干一行，总是要留点东西下来的，遥想未来基地的一砖一瓦、一

▲ 棠荫岛（黄小华　摄影）

草一木都将附着自己的心血、气息，老陈壮心不已。

老陈没想到刚入棠荫，就会被人迫到逼仄处。

先是几个在外混得潦倒、在家又闲得难受的人来找项目部的麻烦：一会说施工必须请岛上村民；一会说建材必须由岛上渔船装运；一会又把装运费用开成天价……他们唆使村中老人及孕妇站在施工机械前方，跳入基坑之中；同时，组织村里能说的一拨接一拨去项目部诉苦、哭穷。最糟心的是，越来越多的人开始不

断在岛上胡乱指认自家祖坟所在地。是什么样的祖坟呢？平常土地上插根棍子、画个圈、放块石头，就是了。承建单位因承受不了这些，换了好几拨队伍，老陈接到的人身威胁、谩骂电话更是不计其数。

在水文系统工作一辈子的老陈，与渔民打交道少说也有三四十年，他心里所感知的渔民，大多豪爽大度、不拘小节、厚道仁义，就像草原游牧民族，非常好相处。或许，渔业真是萎缩了：

涨水三天不下湖，退水三天拿破箩。生活困顿之下，几颗心焦虑变形也是在所难免，老陈不想与他们对立，何况国家建基地的初衷本就是保护一湖清水。从来，保护鄱阳湖就是保护渔民的饭碗，保护百姓的粮仓啊。

老陈沉住气，一趟趟往棠荫村跑。开始，村民不搭他的腔，个别人还黑起脸赶他走。老陈不介意，默默用手机拍下棠荫影像：崖上孤悬的破败茅舍，雨打风吹的惨烈田地，长满青苔的断垣残壁，恣意横行的蛇鼠虫蝇。老陈在水利厅大楼待了很久，上上下下的办公室几乎跑全了，手机里的影像翻给相关人员看了一遍又一遍。很快，棠荫成了水利厅定点帮扶村落，成了水生态文明村试点，一个百吨千人的农饮项目上马了，一座崭新的村委会落成了。越来越好的棠荫将人心焐热了，村民段隆利把项目部请进家里办公居住并让老伴“休渔”、打点一日三餐，村民们没事就拎点花生、瓜子来项目部小坐，他们觉得那个蹲在门口、端着粗瓷碗的老陈越来越像自家弟兄。

这些年，老陈把自己变成棠荫的一根针，串起四面八方伸过来的一根根金丝线，小渔村凤凰涅槃，成了远近闻名的生态旅游点。这些年，老陈更把自己摊成基地的一本账，水质水量水生态监测系统、水热通量监测系统、水文气象自动监测系统、学术交流中心、专家公寓、水生态样本库、过颈坝综合码头、水电、通信等基础设施设备先后建成并投入使用，守得云开见月明；35 米高水气通量塔，俨然挥斥大湖的法器；大门口的三只微笑江豚，如同迎候宾朋的天使；20 多位渔民洗脚上岸分批接受正规技术学校的业务培训，被基地聘请为快艇驾驶员、服务员、保安、勤杂工，穿上统一服装的他们，微笑，周到，举手投足一点不输大城市的姑娘小伙、大叔大妈。

不怕南风热，能迎小暑开。抬头望，一户窗台，盆栽的石竹花，正妍。

三

小雪。芦花飞扬。

水位渐退，没船没路，洲滩上全是沼泽。这是都昌大名鼎鼎的八里江蚌湖，这会要上棠荫，只能沿着洲滩一路走。时间过去半个小时，回望码头，码头上人群的眉眼依然清晰，我特别泄气和沮丧，给小吴站长打电话，请求支援。

满仓的出现堪称神速。我问他，路那么难走，不会是练过轻功吧。满仓有些腼腆，搓了搓双手，并没有接过我的话头。满仓将我的背包挎上膀子，用眼神示意我踩着他的脚印走。

浅浅水道在草洲蜿蜒，候鸟从眼前掠过，天地一派宁静。我想起古龙小说《边城浪子》里的场景来：关东边城，大地苍茫。一阵萧瑟的风吹过，杀机四伏的原野传来凄厉的歌声——“天惶惶，地惶惶，眼流血，月无光，一入万马堂，刀断刃，人断肠！天惶惶，地惶惶，泪如血，人断肠，一入万马堂，休想回故乡。”我觉得只顾埋头走的满仓，有点小说里傅红雪的特质。

满仓是土生土长的棠荫村人。小时候，满仓看湖，大声喊：“水装进大魔瓶了，魔瓶自己会摇晃，湖里生出一个大旋涡，头好疼啊，山崩地裂……”满仓上船，站不住，脚底的力仿佛都让水吸走了，“扑通”栽倒在船沿边，撕心裂肺，哭起来。“养儿莫运鲜，来不见日头，去不见天。”这是满仓父亲常念叨的一句话，说的是渔家人的辛苦，但当发现儿子天生晕水的时候，他蹲在船里不停用手捶自己的脑壳，心如刀绞：“渔家孩子不打鱼，湖上人家不近水，咋样活？咋样活？”

之前的棠荫，苍蝇奇多。人一上岛，活苍蝇“轰”一声拥过来，冲得连眼睛都睁不开；而被农药药死的苍蝇，铺在地上，就像给人铺了一条黑地毯，一踩一个动静，跟放鞭炮一样。被湖神拒绝的满仓，成了岸上的游魂，连名字似乎都成了一个笑话。没有玩伴的满仓只能跟苍蝇较量。满仓空手抓苍蝇，一抓一个准，苍蝇丢进瓶子里，瓶子丢进大湖里，像一个个漂在湖面上的大泡泡。

没有苍蝇的季节，满仓开辟新的战场。从棠荫到周溪，再从周溪到棠荫，他一个人沿着八里江蚌湖的沼泽路，不停走。七八个小时，半天，两三个小时，一个小时，45 分钟，跌跌撞撞，越走越快。时间就是折叠在八里江蚌湖的一个玩具，对于满仓，生活从来不意味着什么。

18 岁的那天，满仓接到一份差事：小吴站长想请他往返八里江蚌湖一趟，接几个人。那是满仓生平第一份差事，他特意换了件干净的外套，梳了梳头发。奔走在八里江蚌湖的满仓，第一次感觉到了自己的存在，他觉得自己的心都要飞到天上去了。满仓很顺利地把人带到了岛上，死活不肯接小吴站长递过去的几十块钱。正要回家，一个人留住了他，问他愿不愿到工地来干活，一天工资大概 150 元。原来，他带上来的是基地的承建方，满仓高兴坏了，一身力气终于能派上用场了。

有一天，十几个棠荫村民气势汹汹杀将岛上，说工程建设占用了他们的土地，让他们没法活，得补偿两千万，不然就要砸毁站上的变压器。其实基地建设区在棠荫水文站老站房旁边，是远离岛上生活圈的，可生了不该有的财心的他们，愣说整个岛都是他们的，隔三岔五就来闹上一次。

正在清点建材的满仓将两个站员护在身后，把自己横在来闹事的村民之间。“满仓，起开，小心我把你那往外拐的胳膊肘卸下来喂王八。”“我帮理不帮亲。基地建在岛上，该补的都补了，还通了路，建了水厂，把咱们村变得跟小香港似的。咱们村多少人在这里做事、领工钱呀……”那帮人推推搡搡走后，满仓一声不响又在别处忙开了。

一期工程完工后，基地聘请满仓当采购兼保安，能够自食其力的满仓，遇见了望月。

望月出生在八月十五的夜晚，脸盘子如天上满月般可人。在鄱阳湖，望月即满月，这也许就是她名字的由来了。望月出生的那天晚上，她的父亲特别高兴，用湖水煮了一大脸盆的鱼，把前后左右的几家渔船吆喝在了一起。男人们坐在敞开的铁皮篷上，就着月光，喝酒行令，“咯嘣咯嘣”嚼碎一地花生米；女人们帮着照看产妇、婴儿，“叽叽喳喳”聊一大堆的生儿育女经。

岛上长大的望月觉得自己天生就是一条鱼命，一见着鄱阳湖，就想唱歌：“细细鲫鱼细细鳞，细细菩萨降大神，细细鼓哩是乒乓响，细细秤砣哩压千斤。”歌声从水天之中浮上来，清甜湿润，梦一般在心尖淌过。从小到大，望月最喜欢做的事，莫过于夜晚随父母划着小船去湖中望月。夜空深邃，满月朗照，望月在光明中仰躺身体，仿佛最受神灵照拂的赤子、婴孩。风微微呼口气，月便化身为无数条自由的鱼，在静阔的湖水里游荡，星星点点，远远近近。

说不清什么时候开始，湖上多了胆大包天干黑了心的，他们用电网，一网下去，足足 20 万斤，鱼子鱼孙鱼曾孙都快要捞光了。父亲与母亲抱怨：与河豚、刀鱼并称长江三鲜的鲥鱼彻底绝了，河豚、鳗鱼、杆鱼、黄板鱼等也多年不现影踪，形如玉簪、洁白透明、在明代与松江鲈鱼、黄河鲤鱼、长江鲥鱼并称中国四大名鱼的鄱湖银鱼也成了稀罕物，20 世纪 80 年代都昌县银鱼产量约

▲ 一条心的日子（刘国南　摄影）

16 万斤，如今，不过区区几千斤。望月比母亲还要惆怅。望月辍学回家。

棠荫水域突然有了大量繁殖的龙虾，父母和村人赶紧置办虾笼，忙活起来。龙虾价高，远近人群闻风而动，疯狂扎堆，把湖底沉积的淤泥都快要翻个底朝天了。约定成俗的规矩都坏了，水域争抢越演越烈。望月父亲在一场渔事“战争”中被人用鸟铳误杀。

少了父亲的渔船，一家人谋生变得越来越艰难，出路在哪里？

望月低头呜咽。望月母亲将湿漉、笨拙的防水连体裤褪下，佝着背，坐在小木椅子上，她从衣兜里掏出一根香烟，叼在嘴上，又从裤兜里掏出一盒火柴，划亮，若有所思地望着岸边。岸边，怀孕的银鱼一条接一条地往尖锐的石头上撞，借锋利的石锋把肚子剖开，生下后代，死不足惜。

满仓拎着空网兜朝她们走来，那份呼之欲出的决绝没有发生。一天天地，满仓买走了她们网箱内的全部收成。满仓告诉望月，如果愿意，基地在招工，年轻的当服务员，岁数大的可帮厨。望月对着满仓咧嘴一笑，黑黑皮肤、白白牙齿在霞光中宛若油画。

手指间的那缕轻烟似乎将黎明点亮了。

外围无限，中心有限，光明只在人心上。世界上的任何一事一物，莫不是经由了人的心、人的力，渗透了人的情感以至于生命而最终完成的。

水是支撑地球生命最必要、最宝贵的资源，水是有限的。中国第一大淡水湖鄱阳湖，作为鱼库、粮仓，她是江西的，也是中国的，更是世界的。这个江河湖的通体湖，每一天每一秒都在变化，究竟变好变坏，是一场永不停止的探寻。过去、现在、将来，发生在鄱阳湖水文监测研究基地上的种种，原也是一场为探寻人与自然和谐相处之道、追求幸福生活的宏大协奏曲。

一个小男孩踮着脚“啪哒啪哒”朝码头跑过来，他是望月满仓的孩子，是基地生动明亮的果实。

后记：向水而书

作为一名在水利系统工作的写作者，我生命中经历的许多大事件，几乎都与水有关。某种意义上讲，水，是我创作的原乡。

人水共生，是鄱阳湖的梦，是锦绣江西的梦，更是美丽中国的梦。2018 年 6 月，我申报中国作家协会定点深入生活项目《鄱湖生灵》获批，既开心又忐忑。开心是一旦完成这个项目，意味着自己从此就跟鄱阳湖这个伟大的生命有了直接联系；忐忑是第一次进行主题创作，我怕自己写不好辜负了鄱阳湖的美好。

尽管网上有许多看似丰富的资料，可鄱阳湖万千生灵似乎离我无比遥远。在我有限的生命经验里，它们怎么迁徙，如何觅食、求爱和繁衍是巨大的未知，怎样才能写出这些生灵的立体感、温度感、丰盈感，怎样才能使它们与底蕴深厚的赣鄱文化相融合，与美丽中国"江西样板"建设中江西人民的努力与实践相结合，我特别迷惘，深感焦虑。

除了深扎，别无他法。

一年多来，工作之余的时间我几乎都在鄱阳湖滨的 12 个县

▲ 鄱阳湖水系之象湖（池晓虹　摄影）

市区度过，为了观测一种候鸟，跟随那些有专业设备的摄影师们在一个点守几天几夜是常有的事。荷桥是万年贡米的原产地，那种名叫坞源早的贡谷，从 4 月到 10 月，足足要长 180 天。从选种、浸种、播种到插秧到耘禾到抽穗、扬花、灌浆到收割、剪芒、翻晒，有段时间，我几乎每隔几天就要去一次那里。稻子开花在夜晚，且花期很短，不过三个小时。那些被露水打湿的夜晚，我在荷桥，与农业专家学者一起，头戴电筒，盯着几百株坞源早青苗，不敢眨一下眼。花开了，我看着他们一手持放大镜，一手用掏耳勺一样的器具将花粉掏出，小心翼翼放入盛装优质稻花粉的玻璃瓶里。每取一株，我内心便一阵欢喜。因为坞源早的产量很低，每多采一株，坞源早便多了一份利用现代农业技术对谷种提纯复壮进而增产增收的希望。在对江豚的转辗寻觅过程中，我听到了湖口保护江豚志愿者周军琪的感人故事；在对候鸟的追踪记录里，我目睹了都昌民间候鸟保护第一人李春如的无私义举，我深深觉得，这些有情怀的人身上布满诗意，与鹤、鹭、江豚等生灵一起，构成鄱阳湖最好的生态。

最是平生会心事，芦花千顷月明中。因为深扎项目，我与很多本来素不相识的人，生成美好情谊。护豚志愿者说，一定要带我分三条线完整地巡一次湖，使我与江豚更为亲密地相处；民间护鸟人一看到候鸟的身影，总在第一时间发短信告诉我，催我去看；同龄人高春送了几本他收藏的关于瓦屑坝的史料、书籍给我；李言阔教授但凡看到与“鄱湖生灵”有关的论述都会下载并打包发我……给我提供帮助的单位有很多很多，江西省水利厅、省作协、省野生动植物保护管理局、江西师大生命科学学院、中国水利文协、中国水利作协等等；给我提供帮助的人有很多很多，我尤其感谢鄱阳县水利局的朱晓军局长及刘国南、九江市水利局的叶树国局长及孙丽君、上饶市水利局徐建平副局长、广丰区文管所姜丽敏、摄影师卢斌，他们或带着我走访并熟悉当地的一切，或倾囊相授第一手观测资料及珍贵照片。这些人毫无疑问成了我《鄱湖生灵》系列稿件的第一读者，当稿件陆续在《人民日报》《光明日报》《中国作家》《长城》《美文》等报刊发表时，他们甚至比我自己还要开心、激动。

《藜蒿之味》完稿，是在 2018 年 6 月 25 日。《寻豚记》完稿，是在 2019 年 2 月 25 日。鄱阳湖万千生灵，这次我只选择了 16 种动植物进行书写，愿能管中窥豹，呈现鄱湖气象与人文情怀；生态文明是新时代发出的强音之一，6 则附记以散文的笔调记录江西在推进生态文明建设、打造美丽中国“江西样板”过程中的种种努力与成效，期有些许时代价值和现实意义。

鄱阳湖，宛若一个圣境，我愿沉浸其中，不停向水而书。

2019 年 7 月 29 日